中二の新学期
仲良くなったきっかけは根拠のない噂だった
ガラ
おはよー
はじめまして あたし真子
よろしくね
よろしく
その笑顔をあたしが守りたいって思ったんだ

モテるな〜
アイツ
そういう友達思いなとこいいと思う
セイラは完璧だからね
なんで真子が得意げなの
親友のこと自慢したっていいでしょ？
ハルト…
あたし
ハルトが好き
恋も友情もうまくいくと思ってたけどー

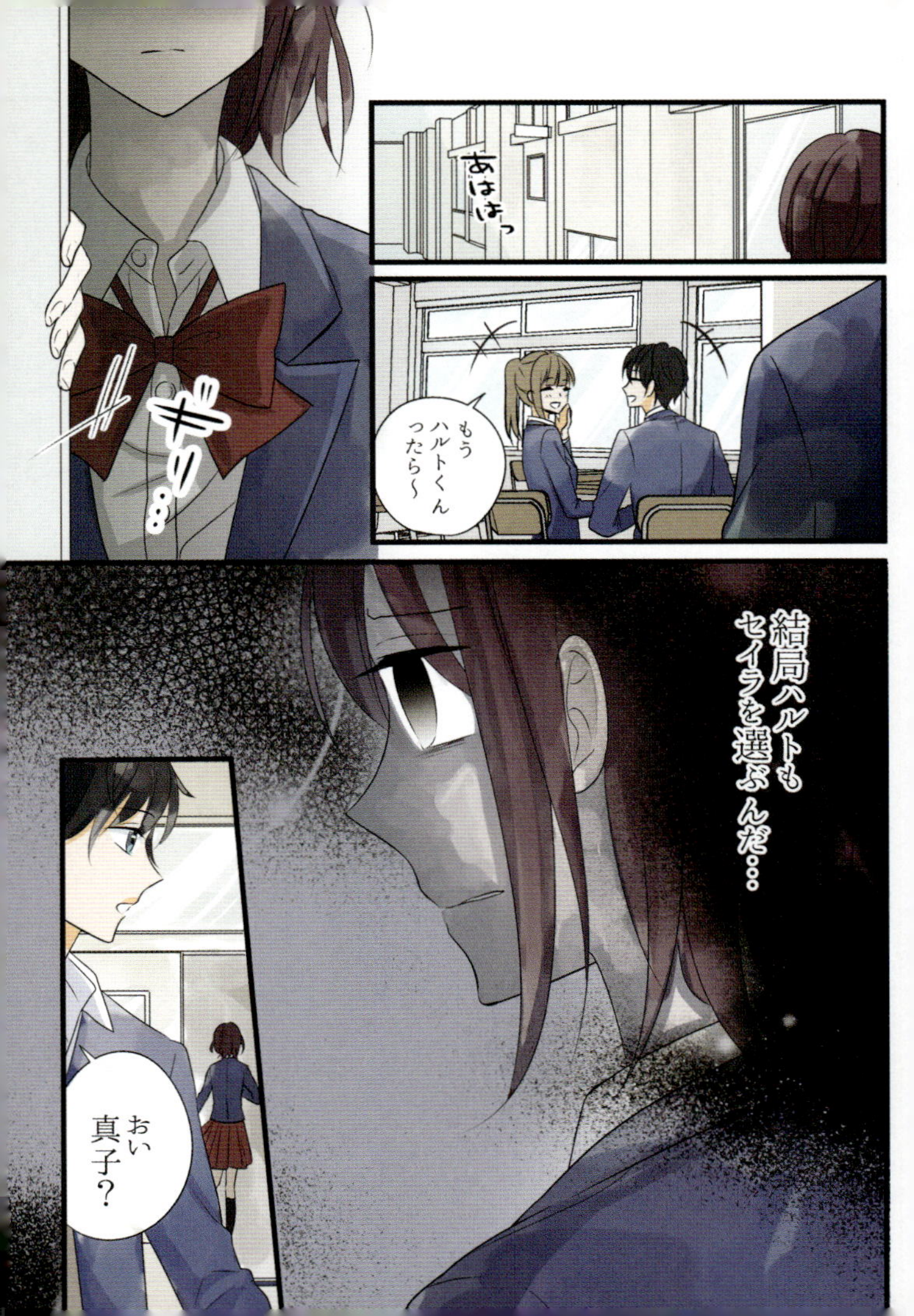
あははっ
ギリ…
もうハルトくんったら〜
結局ハルトもセイラを選ぶんだ…
おい真子？

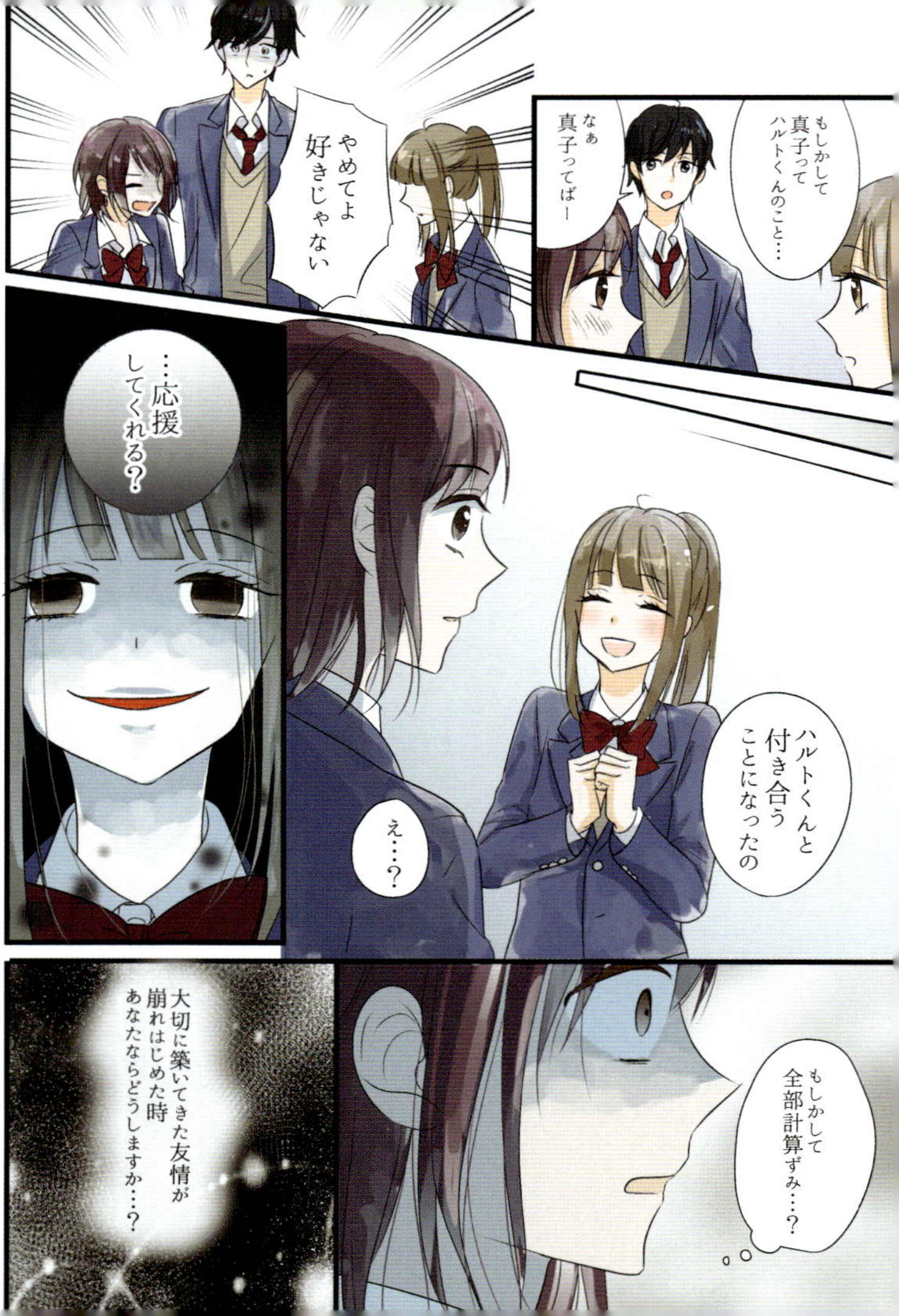

もしかして真子ってハルトくんのこと…
なぁ真子ってばー
やめてよ好きじゃない
ハルトくんと付き合うことになったの
え…？
…応援してくれる？
もしかして全部計算ずみ…？
大切に築いてきた友情が崩れはじめた時あなたならどうしますか…？

野いちご文庫

女トモダチ

なぁな

STARTS
スターツ出版株式会社

× × × × × × × × ×
CONTENTS

女トモダチ
登場人物紹介

池《いけ》田《だ》真《ま》子《こ》

7人家族の長女で、しっかり者。曲がったことが嫌いで正義感が強く、イジメられている人は放っておけない。

清水《しみず》ハルト

真子と同じ高校に通い、クラスメイトでもある。人気者だが女にだらしなく、セイラと真子に二股をかけていたことも。

神条《かみじょう》セイラ

真子のクラスメイトで、中学からの親友。裕福な家庭に育ち美人で頭もよいが、それが原因でイジメられることも。

蘭《らん》

真子と同じ高校に通い、クラスメイトでもある。噂好きで、芸能レポーター並みに情報通。何かと真子の肩を持つけれど…。

女トモダチに、
劣等感
嫉妬《しっと》
妬《ねた》み
ヒガミ
憎しみ
……を抱いたことはありませんか？

そのすべてが絡み合った時、
不幸は連鎖する

第一章

親友

「セイラ、隣のクラスの男の子が呼んでるよ～！」

教室でしゃべっているあたしとセイラの頭上からクラスメイトの声が落ちてくる。

「あっ、うん。話の途中なのにごめんね。ちょっと行ってくるね」

「そんなの気にしないで！　いってらっしゃい！」

「ありがとう、真子《まこ》」

セイラはあたしに謝ると、すぐに席を立った。

染めていないのに色素の薄い茶色い髪の毛。

セイラが歩くとストレートの髪が左右に揺れる。

まるでシャンプーのCMみたい。

教室の扉のあたりには、表情を固くして緊張している様子の男の子が立っている。

セイラが近くまでやってくると、男の子は一言二言声をかけて廊下をぎこちなく歩き始める。

男の子のその様子に心の中で『頑張れ！』とエールを送っていると、

「──神条《かみじょう》、告られんの今月で何人目？　モテるな〜アイツ」

あたしの前の席に腰をおろした清水《しみず》ハルトが、振り返りながら尋ねてきた。

「あたしが知る限りでは三人目かな」

「マジか。すげぇな」

ハルトは感心したように声を漏らす。

「セイラは昔からモテるもん。だって、あの容姿だよ？　好きにならないほうがおかしいから」

一六〇センチほどの身長に長くて細いしなやかな手足。雪のように白い肌。髪はクセのないサラサラのストレート。

小さな顔の中にあるすべてのパーツは整っている。

美人と可愛《かわい》いの両方を兼ね備え、とくに照れ臭そうにはにかんだ笑顔は女のあたしから見ても心臓を撃ち抜かれるぐらいの破壊力がある。

しかも、それでいてその美貌《びぼう》をひけらかすことなく誰に対しても平等で優しくて気づかいのできるセイラ。

お父さんは大きな美容系会社の社長さんで、お母さんは金融系の会社で働くバリバリのキャリアウーマン。

由緒正しい家柄で、祖父は北関東にある地域一帯に広大な土地を持つ地主で、そのあたりでは名の知れた血筋らしい。

　お金持ちで、なおかつ家柄もいい。

　神条セイラという名前もセイラならば名前負けしない。

　セイラの粗を探そうとしても、何一つ見つからない。

『眠りが浅いみたいでよく怖い夢を見るの』ってセイラはよく言ってるけど、そんなの欠点ではない。

「セイラはね、完璧《かんぺき》だからね！」

「つーか、なんで真子が得意げなの」

「だってセイラはあたしの親友だもん。親友のこと自慢したっていいでしょ？」

　呆《あき》れたように言うハルトに胸を張って答える。

　セイラとは中学時代からの親友だ。

　中二の時、同じクラスになり偶然にも席が近かった。

『はじめまして。あたし、池田《いけだ》真子！　よろしくね』

　声をかけるとセイラは大きな目であたしを見つめた。

　小動物のようなその瞳《ひとみ》はどこか不安げに揺れている。

『神条セイラです。よろしくね』

　流れるように鼓膜を震わせたセイラの美しい声は、いまだに耳の奥に残っている。

その日からあたしとセイラは一緒に行動するようになった。

だけど、あの当時、セイラはどこかクラスで浮いた存在で。

イジメまではいかないけれど、それと同等の嫌がらせを受けていた。

中一の時、セイラと同じクラスだったという子には何度もこう忠告された。

『あの子と仲よくしないほうがいいよ。あの子のことみんなヤバいって言ってるし』って。

『みんな』とか『ヤバいって言ってる』っていう出所のわからない信用のおけない言葉。

なんの根拠もない悪意のあるその言葉に憤りを感じた。

嫉妬、妬み、ヒガミ。

男子にモテるセイラは一部の女子から一方的な反感を買い、攻撃を受けていた。

その醜い行為に嫌悪すると同時に、あたしがなんとしてでもセイラを守りたいという衝動に駆られた。

幼い頃から正義感だけは人一倍強かった。

それもそのはず。両親に徹底的にそう叩《たた》き込まれて育てられてきたからだ。

人を裏切ってはいけない。

人を傷つけてはいけない。

人のものを盗《と》ってはいけない。

人をイジメたらいけない。

両親は元々口うるさくなかったし、あたしがすることにケチをつけたこともない。

テストの点数がどんなに悪くても、持久走大会でビリから数えたほうが早かった時も両親が怒ったり失望したりしたことは一度もなかった。

でも、一度だけ小学生の時に両親の教えを破ろうとしたことがある。

その当時、仲のよかった友達と些細《ささい》なケンカをしてしまい、頭の中はその子への怒りでいっぱいだった。

『ムカつく！　明日はあの子のこと無視するって決めたの！　もう二度と一緒に遊ばないんだ』と母に何気なくそう漏らすと、母は首を横に振った。

『無視されたほうの気持ちを考えたことがある？　頭を冷やしてもう一度よく考えてみなさい』

表情も変えず淡々とした口調でそう言われ、自分の部屋に戻り膝《ひざ》をかかえて考え込んだ。

あの子が悪い。あたしは悪いことなんてしてない。

それなのにどうしてあたしが頭を冷やさないといけないの？　そんなのおかしいもん。あたしは悪くなんてない。

自分自身に言い訳しながらも、母の言葉が頭から離れなかった。

翌日、学校につくなり友達はあたしの席にやってきて、少しためらいながらも『ごめんね』と謝ってきた。

その時、ハッとした。

もしも母の言葉がなければ、あたしはその子を無視していたかもしれない。一度無視してしまえば、仲直りできる機会を失い二人の関係も悪い方向に向かっていってしまっただろう。

『勉強も運動も大切なことよ。でも、それだけじゃダメ。人として大切なことは思いやりと感謝の気持ちを持つことよ』

母の言葉が頭をよぎった。

『ううん、あたしこそごめんね。謝りにきてくれてありがとう！』

あたしが笑顔で答えると、不安そうな表情だった友達も笑顔になった。

正義感の強い両親の血と教えを、あたしは受け継いできた。

高校に入った今も、その気持ちはブレることなく続いている。

「お前って、バカみたいに友達想《おも》いだよな」

「それって褒めてるの？　けなしてるの？」

「褒めてるに決まってんだろ」

「本当に？」

「あぁ。真子のそういう友達思いなとこ、いいと思う」

ハルトがニッと白い歯を覗かせて笑いかけたと同時に、休み時間の終わりを告げるチャイムが教室中に響き渡った。


立ち上がってポンポンッとあたしの頭を叩き、「じゃあな」と自分の席に帰っていくハルトの顔を見られない。

ほんの少しうつむいたままうなずくのが精いっぱい。

あたし、本当にバカだ。

頬《ほお》がジンジンと熱を帯びて赤くなっているのが手に取るようにわかる。

『真子のそういう友達思いなとこ、いいと思う』

そんなハルトの何気ない言葉にすら胸をときめかせてしまうなんて。

赤くなった頬に手を当てて、違う列に座るハルトの背中を見つめる。

ハルト、好きだよ。

あたしは心の中でそう呟《つぶや》いた。


学校が終わると、あたしはまっすぐ家に帰り玄関の扉を開けた。

「ただいま〜！」

「真子、お帰り！　ちょっとお母さん銀行に行ってくるからみんなの面倒見ててね」

キッチンから飛び出してきた母は、もう何年使っているのかわからないぐらい擦りきれたエプロンをダイニングテーブルのイスに引っかけ、あたしの横をバタバタと通りすぎていった。

「えっ？　お母さん今日仕事は？」

「今日は保育園の参観日だったから休み。それで保育参観が終わったあと、みんなを連れて帰ってきたの」

母は慌ただしく動き回る。

「ふーん。すぐに帰ってきてよ？」

「わかったわかった！　あと、洗濯機回しておいてくれる？　一回目に干した洗濯物は取り込んで畳んでおいてね。じゃあ、行ってきます！」

「ちょっ、もう！　人の話ちゃんと聞いてないんだから！」

玄関を飛び出していった母に盛大なため息をついたあとリビングに行くと、そこには壮絶な状況が広がっていた。

三人の幼児と一人の乳児が好き勝手に部屋を散らかし、遊んでいる。

うちは四男一女の五人姉弟。女はあたしだけ。しかも、弟は五歳、三歳、二歳、〇歳と、あたしとは年が離れている。

あたしを産んだあと、なかなか子宝に恵まれなかったという話は母から聞いたことがあった。

一人目の弟が生まれた時、あたしは心の底から喜んだ。

けれど、そのあとも毎年のように家族が増えていくことが少しずつあたしのストレスに繋《つな》がっていった。

「あ〜もう！　ベランダには危ないから出ちゃダメだよ？　ちょっと、それ口に入れたらダメ‼　あー、もう泣かないでよ〜？　ママもうすぐ帰ってくるからそれまでねぇねと一緒にいよう？　ねっ？」

四人の弟をなだめながら洗濯物を取り込んで畳む。

一つ畳んでいる間に、畳んだ洗濯物の上で怪獣ごっこをされて滅茶苦茶《めちゃくちゃ》にされる。

奥歯をグッと噛《か》み、沸々と沸き上がる感情を必死に抑え込んで一心不乱に洗濯物を畳み続ける。

家族七人分の洗濯物。

でも、一回目ということはこれで四人分くらいか。

お母さんには悪いけど、二回目の洗濯機を回す気力は残っていない。

「……ん？」

その時、ポケットに入れておいたスマホが震え出した。
見ると、画面には清水ハルトの表示。
洗濯物を放り投げてスマホの画面をかじりつくように見つめる。

【ハルト：真子って明日暇？】
【暇だよ】
【ハルト：映画行かねー？】
【なんの？】
【ハルト：最近ＣＭでやってるホラー映画】
【あたし怖いのダメかも】
【ハルト：マジか。じゃあ無理か】

ヤバっ！　ハルトの返信に慌てる。
誘ってもらってるのに、あたしのバカ！

【暇だし行く！】
【ハルト：おー。じゃあ、明日の放課後なー】

息を吸うのも忘れてしまっていた。

「嘘《うそ》……。ハルトと……映画？」

言葉にすると急に現実味を帯びてくる。

二人っきりで？　それってデート？

「おねー？　おねー、あしょぼう～？」

洗濯物の山の中で弟にスカートを引っ張られて遊びを催促されても笑顔でいられる。

「えー、もうしょうがないなぁ～！　ちょっとだけだよ～？」

自然と顔がにやけてしまう。

あたしは崩されてしまった洗濯物をギュッと強く抱きしめた。

逢引《あいびき》

登校してからも気持ちは高ぶったままだった。

授業中もハルトの背中を見つめると、頬が緩む。

入学式の日、あたしとセイラが一緒にいた時、声をかけてきてくれたハルト。

——俺、清水ハルト。てかさ、受験した教室一緒だったよな？

ハルトはセイラではなく、あたしに向かってそう微笑《ほほえ》んだ。

正直、驚いた。

だって受験した教室はセイラも一緒だったし、二人で一緒にいると印象に残っているのはだいたいが可愛いセイラのほうだから。

それなのに、なぜかハルトの記憶にはセイラではなくあたしが残っていたらしい。

——あっ、うん。同じだったかも。

——やっぱりそうだよな？　同じクラスだしこれからよろしくな！

そう言ったハルトの笑顔に胸が震えた。

もうその瞬間、あたしはハルトに恋に落ちていた。

だいたいの男の子はあたしを踏み台にしてセイラに近づこうとする。

——神条ってどんな男がタイプなの？

——セイラちゃんって付き合ってる奴《やつ》いんの？

中学時代に声をかけてきた男の子はみんな、セイラの情報を仲のいいあたしに聞きたがった。

でも、ハルトは違った。

一緒にいてもセイラの話なんかしないし、あたしという人間をちゃんと受け止めてくれる。

ハルトと一緒にいると居心地がいい。

心の中ではハルトと付き合うことを望んでいたけど、まだ告白をする勇気が出なかった。

そんな矢先、ハルトにデートに誘われて浮かれないはずがない。

帰りのＨＲが始まる前、あたしはセイラの席に行ってぼんやりと何かを考えている様子の彼女に声をかけた。

「セイラ」

でも、セイラにあたしの声は届いていない。

「セイラ、聞いてる～？」

「あっ、ごめんね！」

「昨日もあんまり眠れなかったの？」

「うん。ちょっと悪い夢を見ちゃって」

セイラは時々悪い夢を見るらしい。

「そんなことより真子ってば今日はやけに機嫌がよかったね？」

セイラは不思議そうにあたしの顔を覗《のぞ》き込んだ。

「えっ？　そうかな～？」

「なんかいいことでもあったの？」

「別に何もないよ！」

赤くなってしまった顔を悟られないようにセイラから視線を外す。

生まれて初めての恋。なんとなく気恥ずかしくてセイラにハルトの話はしていなかった。

でも、そろそろ話そうかな。

親友に隠しておくのも心苦しいし。

このデートが終わってからちゃんと話そう。

ハルトのことが好きだって。

セイラってばあたしがハルトを好きだって知ったら、どんな反応をするんだろう。

応援……してくれるかな？

って、そんなの気にする必要なんてなかった。

セイラなら応援してくれるに決まってる。

「あっ、そうだ！　私ね、真子に渡したいものがあるの」

セイラはハッと何かを思い出したのか、ワクワクした表情を浮かべながらポケットの中から何かを取り出した。

「これ、パパにもらったの。お友達と映画でも観《み》に行きなさいって」

セイラが取り出したのは新作ホラーの全国共通鑑賞券だった。

あれ……？

これってもしかして……ハルトと一緒に観に行こうと約束していた映画？

「ホラーなんだけど、一緒に行かない？　今日ってこれから時間あるかな？」

「え……？　今日……？」

「うん。今日なら放課後の委員会もないし、いいかなって。あっ、でももちろん真子に予定があるなら無理にとは言わないからね」

「えっと……」

思わず考え込んでしまった。

正直にセイラに話そうか。今日この映画をハルトと一緒に観に行くって。

でもせっかくセイラが誘ってくれたのに悪いかな。

答えに困っていると、斜め上から「あっ、それ」と誰かの声が降ってきた。

振り返ると、そこにはハルトが立っていた。

「今日俺らが見に行くやつじゃん」

ハルトの言葉にセイラが「えっ」と声を漏らしてあたしに視線を向ける。

「そ、そうだったんだ？　真子ってば言ってくれればよかったのに！　あっ、それなら二人で行ってきて？」

チケットを差し出すセイラ。

でも、ハルトは受け取らなかった。

「いや、俺も二枚持ってるから。あ、つーか今日もし神条が暇なら三人で行く？」

「……え？」

ハルトの言葉に弾かれたように顔を持ち上げる。

なんで？

どうして。どうしてそうなるの？

顔が引きつる。

セイラのことは好きだよ。大好きだよ。

だって親友だもん。

でも、今日はあたしとハルト二人っきりでデートするはずだったのに。
それなのに――。
まさか『行く』なんて言わないよね……？
そんな選択肢って普通ない。
あたしが逆の立場だったら、絶対に行かない。
遠慮する。
大丈夫、だよね。きっとセイラだって気をつかってくれるはず。
ちょっと鈍感なところもあるけど、さすがにわかるよね……？
恐る恐るセイラの答えを待つ。
「え……、私も一緒に行ってもいいの……？」
セイラはあたしの顔色をうかがっている。
その反応って……、まさか一緒に行きたいってこと？
嘘でしょ？　三人で映画……？
セイラの答えに絶句する。
お願いだから、ちょっとはあたしの気持ちを察してよ。
お願い。今日は二人っきりで行きたいよ。
だって……念願のデートだから……。

ハルトに誘われたのもこれが初めてだし……だから……。

「あたしはいいけど……チケットは四枚あるんだよね？　三人で行ったら一枚余っちゃってもったいないよね？」

今思いつく限りの言い訳をする。

セイラ、お願い……。あたしの気持ちに気づいて。

今日は。今日だけは……二人っきりにして？

ようやく巡ってきたチャンスなの。だから――。

「えー、何？　そのチケット一枚余ってんの～？　なら俺にくれよ！」

近くで話を聞いていた男子が割って入ると、セイラの手からチケットを引き抜いた。

「あっ……」

「おい、お前強引だろ」

困ったような表情を浮かべるセイラに気づいたハルトが、その男子を睨《にら》む。

「え～？　神条さん、いいよね～？」

「あっ……うん……」

断りきれなかったセイラがうなずいた途端、心の中がどんよりと暗く沈んだ。

どうしてこうなるの……。

行き場のない感情だけが募る。

「じゃあ、HR終わったらすぐ行こう。急げば十七時の回で観られるから」

ハルトはそう言うと、なんてことない様子で自分の席に戻っていく。

「真子……、私何も知らなくて……なんかごめんね……？　迷惑だったかな……？」

「えっ？　なんでセイラが謝るの？　二人でも三人でも同じだし、迷惑なんかじゃないよ」

「だけど……」

「ハルトと二人っきりっていうのもなんか変だもんね。セイラがいてくれたほうがいいよ」

茶化すように笑うあたしを見てホッとしているセイラ。

表面上は笑顔を浮かべているものの、あたしは心の中で泣いていた。

どうしてこんなにタイミングが悪いんだろう。

どうして素直に『あたし、ハルトが好きなの』ってセイラに伝えられないんだろう。

もっと早くセイラにハルトが好きだと伝えておけば、きっとセイラだって気をつかってくれたに違いない。

すべてが後手後手になって最悪の展開に向かってしまった。

グッと拳《こぶし》を握りしめる。

でも、セイラは何も知らなかったんだし責められない。

あたしは『しょうがないよ』と必死に自分をなぐさめた。

映画館は学校帰りの学生で、なかなかの盛況ぶりだった。

飲み物とポップコーンを買ってから席に向かう。

横並びに三人で席を取れたものの、ハルト、セイラ、あたしの順番になってしまった。

隣に座りたかったな……と、心の中で一人残念がっている時、あたしの隣の席に数人の男子高校生グループが座った。

「お前、怖がってんじゃねぇよ‼」

「うるせぇな‼　怖くねぇから」

グループで来て気が大きくなっているのか、ゲラゲラと大声で笑って時折あたしのほうにまで体がはみ出してくる。

うるさいしはみ出してくるし、嫌だなぁ……。

そうは思っても口に出して注意することもできないし、と心の中でため息をついた瞬間、

「真子、席替わる」

奥にいたハルトが立ち上がり、あたしの手を引いた。

「え……」

「いいから」

ハルトに促されて席を交換すると、男子高校生たちもそれに気づいたのか大人しくなった。

「真子、大丈夫?」

セイラがこそっと耳元で囁《ささや》く。

小さくうなずいて答えるだけで精いっぱいだった。

緩んでしまいそうになる口元。

ダメだよ、ハルト。そんなふうに優しくしないでよ。

ハルトに優しくされるたびに好きの気持ちが大きくなって自分を抑えられなくなる。

あたしをこれ以上好きにさせないで。

館内の照明が落ちて薄暗くなり、予告が始まる。

映画にまったく集中できない。ドキドキと高鳴る心臓の音がセイラにまで届かないかということばかり心配してしまった。

映画が終わり、トイレに向かったあと二人が待つロビーに向かう。

ハルトとセイラは長イスに揃って座り楽しそうに言葉を交わしていた。

ゆっくりと歩みを進めるあたしの横で見知らぬ女子高生が二人を指さす。

「ねぇ、見てあの子たち。すっごいお似合いじゃない？」

「だねー。美男美女カップルじゃん。うらやましー。彼氏イケメンだね」

……なんか痛い。ナイフを心臓に突き立てられたみたい。

確かに二人はお似合いだ。

しゃべっている姿も絵になる。

なんか、出ていきづらいな。

「——真子、何してんだよ」

ハルトの声にハッとして顔を持ち上げる。

ハルトとセイラが不思議そうな表情であたしを見つめている。

自然とその場で立ち止まり、うつむいていたようだ。

「ごめん!!　ぼーっとしてた」

足早に二人に歩み寄り微笑む。

「どうした？　なんかあったのか？」

「ううん、何もないよ」

「なんかあったらすぐ言えよ？」

ハルトはそう言って立ち上がると、あたしの頭をポンポンッと叩いた。

映画館の近くのファストフード店を出ると外はもう真っ暗だった。

「なんかあっという間だったね～！　でも、楽しかった！」

大きく伸びをしながら二人に笑いかけると、セイラがつられて微笑んだ。

「うん。私もすごく楽しかったよ。また三人で一緒に遊びたいね」

「あ……、うん。そうだね」

三人で……か。もちろん、今日はセイラとハルトと三人で過ごせて楽しかった。

でも、欲張りだけど次は二人で……ハルトと二人っきりでデートがしたい。

こんなこと考えるなんて、あたし意地悪かな。

「よし。そろそろ帰るか。俺はこっちだけど、真子と神条は？」

「あたしは反対。この時間ってちょうどバスないし、歩いて帰ろっかな。セイラはハルトと同じ方向だよね？　今日もタクシー？」

あたしだけが二人とは反対方向。

でも、セイラは遅くなると両親からの言いつけを守って必ずタクシーを利用して家に帰る。

もちろんそれは今日だって例外ではないはずだった。

それなのに。

「えっと……今日は歩いて帰ろう……かな」

「え？」

セイラの言葉に思わず声が漏れた。

「ど、どうして？」

「今日はまだそんなに遅くないから。いつも運動らしい運動もしてないからたまにはいいかなって」

照れたようにはにかみながら言うセイラに胸の中がザワザワと音を立てる。

なんで急に……？

いつもだったら絶対にタクシーで帰るって言うのに。

まさか、ハルトに送っていってもらおうとかしてる？

そういうこと……？

セイラってハルトのこと……。

そんなのありえない。絶対にありえない。

「神条の家はここから歩いて何分くらい？　どのあたり？」

すると、ずっと黙っていたハルトが割って入った。

「えっと、十分ぐらいかな？　駅沿いに歩いていったところ」

「真子は？」

「あたしは三十分ぐらい」

「……そっか。あのさ、悪いんだけど今日はタクシーで帰れる？　真子の家のほうが距離あるし、真子の家の方向って街灯少ないし心配だから」

ハルトの言葉にセイラは動揺していたように感じた。

「あっ……そうだね。うん。そのほうがいいと思う。真子、清水くん、また明日学校でね。バイバイ！」

「――ちょっ、セイラ？」

セイラは早口でまくし立てるように言うと、あたしとハルトに手を振って背中を向けて駆け出した。

セイラってば……。

どうしてあんなに慌てて帰っちゃったんだろう。

違和感はどんどん大きくなる。

「――じゃあ、帰るか」

ハルトはそう言うと、自分の家とは反対側の方向に向かって歩き出した。

「それにしても、真子の怖がり方は異常すぎんだろー」

揃って歩きながら、さっき観た映画の話で盛り上がる。

「だってさぁ、突然大きな音と同時にお化けが出てくるのって反則でしょ～？」

「いや、そろそろ出てくるってなんとなくわかるもんだから」

「わかんないよ！」

「わかるって。神条なんて微動だにしてなかったからな。その横で真子がすげぇ挙動不審な動きしててマジで笑えた」

「もー！　あたしのことなんて見てないで映画に集中してもらえます⁉」

「ハハッ、確かにな」

ふざけて放った言葉を否定しないハルト。

──お前のことなんて見てないから。

そう言ってくれればいいのに。

ハルトの言動に一喜一憂してバカみたい。

でも、ハルトのことがこんなに好きなのに、それをどう表現したらいいのかわからない。

「──ねぇ、ハルト」

「ん？」

「どうして……あたしのこと……映画に誘ってくれたの？」

ハルトに視線を向ける。

ハルトはあたしと目が合うと、すぐに視線を外して困ったように頭をかいた。

「いや、なんでって聞かれても」

「え？」

「普通わかるだろ」

首を傾げたあたしに呆れた様子のハルト。

「全然わかんないよ」

「真子だから誘ったんだって」

あたし、だから？

「まあいいや。でも、今度また映画観に行こうな？」

ハルトは曖昧《あいまい》に話をそらす。

「うん。また観に行こうね」

「あぁ。次は二人で」

ハルトの顔を覗き見る。

なぜか照れ臭そうにしているハルト。

その反応ってそういうこと……？

うぬぼれそうになってしまうのを必死で抑え込む。

ハッキリ言ってもらわないと恋愛初心者のあたしにはハルトの気持ちがわからない。

でもね、ハルトの言葉がじんわりと胸に溶け込んだよ。

ハルトがどういう気持ちでその言葉を放ったのかわからないけど、あたしはハルトが大好きだよ。

ハルトは……好きな人いるの？

それがあたしだったらいいのにな。

家までの三十分があっという間に感じる。

アパートの前までつき、お礼を言う。

「送ってくれてありがとう」

「あぁ。また明日な」

去っていく後ろ姿を追いかけたくなる。

今日、時間が早く過ぎたと感じたのはハルトがいたからなんだ。

セイラも一緒だったし、初デートではないかもしれない。

でも今日、自分の中でハルトという存在の大きさを再認識した。

幸福

【ハルト：眠すぎ】
【だねー】
【ハルト：今日の昼学食？　弁当？】
【お弁当。ハルトは？】
【ハルト：俺は学食】
【今日の日替わりから揚げ定食だって】
【ハルト：マジか！】
【嘘。今日は魚です】
【ハルト：……最悪】
【残念でした（笑）】

授業中、机に隠すようにスマホを操作してハルトとメッセージのやりとりを行う。
魚嫌いなハルトは教壇に立つ先生に気づかれないように後ろを振り返り、眉間《みけん》にしわを寄せてあたしを睨む。

誰もあたしとハルトのメッセージのやりとりを知らない。

だからまわりの子は突然振り返ったハルトを不思議な顔で見つめる。

なんだか二人だけの秘密みたいでドキドキする。

いじけたその顔にすら胸をときめかせているあたしは相当重症みたい。

ハルトとこうやってやりとりしている女子がいるっていう話は聞いたことがない。

もちろん、ハルトが誰かと付き合ってるとかそういう噂《うわさ》も耳にしたことがなかった。

ハルトって……今まで誰かと付き合ったことってあるのかな。

ハルトと同中の子に聞けばいいのかもしれないけど、なんとなく聞きづらい。

そんなこと聞いたらハルトのことが好きだってバレバレだし。

ハルトはあたしのことをどう思ってるんだろう。

クラスメイト？　友達？　恋愛対象の中に含まれてる？

あたしはハルトが好き。大好きだよ。この気持ち、いつか伝えたいな。

休み時間になり、教室中がザワザワとうるさくなる。

すると、ハルトと同じグループの林くんがニヤつきながらスマホを掲げているのが目についた。

「この子見ろよ！　超可愛いだろ～？」

「どれ？」

ハルトが興味津々といった様子で林くんのスマホを覗き込む。

「あー、マジだ。可愛い。で、なんでお前がこの子を待ち受けにしてんの？」

ハルトの言葉にチクリと胸が痛む。

あたしのバカ。それぐらいで傷ついてどうするの！

「だって俺の彼女だし！　昨日告って成功した！　いいだろいいだろ～？」

満面の笑みを浮かべている林くんのテンションは徐々に上がっていく。

「つーかさ、お前もそろそろ彼女作れって！　ハルトならどの子だってＯＫしてくれるから！」

「そんな簡単に言うなよ」

「だってさぁ、もどかしいじゃん！　お前の好きな子ってこのクラスにいるじゃん？　さっさと言っちゃえよ‼　俺が代わりに言ってやろうか～？」

ハルトの好きな人が……このクラスにいる？

林くんの言葉に全神経を集中させる。

ごくりと生唾《なまつば》を飲み込み、林くんの言葉の続きを待つ。

それはあたしだけではなかったようだ。

クラス中が林くんの言葉に意識を集中させている気がする。

「お前、声でかいから」

「でかくな――」

何かを言いかけた林くんとバチッと目が合った。

林くんはへラッと笑うと、隣にいるハルトの耳元でそっと何かを囁く。

ハルトが振り返ってあたしに視線を向けた。

目が合い思わず首を傾げると、ハルトはハッとしたように息を吸い込んで弾かれたようにあたしから目をそらした。

「おいおい、ハルト！　お前わかりやすすぎだから～！」

林くんがゲラゲラと大声で笑いながらハルトの背中を叩く。

何……？　今の反応って……まさか……。

頬がジンジンと熱くなり、体温が急上昇したみたいに火照る。

口元が緩んでそれを隠すようにうつむく。

まさか……ね？

うぬぼれだって自分自身を戒める。

でも、なぜかそれと反比例するみたいに期待してしまっている。

もしかして……ハルトの好きな人って……あたしなの……？

放課後になっても胸のドキドキは収まってくれそうもなかった。

「真子、今日って暇？　駅前のクレープ屋さんの無料チケットがあるんだけど、よかったら一緒に行かない？」

席にやってきたセイラが微笑みながらチケットを差し出した。

まだ一度も行ったことがないクレープ屋さん。

答えは決まっていた。

「クレープ？　行く行く！　あっ、でも今日あたし日直なんだった！　職員室にみんなのプリント集めて持っていかなくちゃいけないんだけど……。ちょっと待っててもらえる？」

「もちろん。一人で大変だったら手伝おうか？」

「大丈夫！　ダッシュで行ってくるね！」

「そんなに慌てなくても大丈夫だからね」

「了解！」

セイラに手を振ってプリントをかかえて駆け出す。

自分でも呆れ返るぐらい今のあたしは幸せの絶頂だった。

初恋の相手であるハルトの好きな人が自分かもしれないと考えると自然と顔がにやけてしまう。

あの反応……絶対そうに決まってる！

恋愛経験のないあたしですら、確信を持ってそう思える。

今にも叫び出してしまいそうなのをグッとこらえて職員室へ向かった。


「あっ」

無事にプリントを渡し終えて職員室から教室へ向かう。

その途中、前方から歩いてきた林くんはあたしに気づくなりその場に立ち止まった。

「林くん、これから部活？」

「あー、そうそう！　もうすぐ大会あるし頑張んないとな～！」

サッカー部のユニフォームに身を包んだ林くんはそう言うと、困ったように頭をかいた。

「てかさ、今日のあれ……聞こえてた？」

「今日のあれ？」

「ハルトの好きな人が同じクラスにいるって話」

「あー……うん。聞こえてたけど」

「やっぱり？　だよな～」

さらに困り顔になる林くん。

「じつはさ、ハルトのことなんだけど……」

「うん」

「ハルトって中学の時に付き合ってる子がいたんだけど、嫌な別れ方してから結構引きずってる時期あってさ」

「え？」

林くんの言葉が一瞬理解できず、ポカンッと彼の顔を見つめる。

ハルトって中学時代に付き合ってる子がいたの？

「元カノのこと、ハルトすっげぇ好きだったんだ。だから、別れた時も相当ショックだったみたいでさ。でも、最近は池田と一緒にいる時のハルト、すげぇ楽しそうだから俺的にはうれしくて」

ハルトに元カノがいるなんて想像もしていなかった。

だけど、よくよく考えたらハルトはカッコいいし女子からもモテる。

彼女がいたとしても不思議ではない。

頭では理解している。でも心がそれを拒否する。

ダメだ。林くんの言葉が全然頭に入らない。

「なんか池田って雰囲気がその元カノと似てんだよ。だからハルトも入学当初から池田のこと気になってたみたいでさ」

あたしと元カノが……似てる？

「でも、過去のことでハルトの奴、少し臆病《おくびょう》になっててさ。だから……って、俺なに言ってんだ！」

一方的に言葉を切る林くんをあたしはぼんやりと見つめることしかできない。

「とにかく、ハルトとこれからも仲よくしてやってくれよ！　よろしくなっ！」

林くんはポンッとあたしの肩を叩くと、横を通りすぎていく。

あたしは呆然《ぼうぜん》と立ち尽くす。

さっきまでの幸せな気持ちが一転して、胸の中に鉛を押し込まれたかのようにずっしりと重たくなる。

ハルトって……付き合ってた子いたんだ。

その子のこと、すっごく好きだったんだ……？

しかも、その元カノ……あたしと似てるの？

見たことのない架空の彼女を想像すると、さらに心の中が重たくなる。

ハルトはあたしと話している時、あたしを通して元カノを思い浮かべているのかもしれない。

「あたし、バカみたい」

ポツリと言葉が漏れる。

ハルトがあたしのことを好きなのかもと期待していた自分自身があまりにも惨めで、心の底から情けなかった。

「――真子？　どうしたの？」

「えっ？」

心配そうな表情を浮かべたセイラがあたしの顔を覗き込んでいた。

なんの音も聞こえないぐらい意識を遠くへ飛ばしてしまっていたようだ。

隣の席に座る同じ制服を着た派手な先輩の楽しそうな笑い声でようやく正気に戻る。

「あっ、ごめん！　ちょっとぼーっとしちゃって」

「へぇ……。何かあったの？」

「ううん、全然！」

セイラと一緒に駅前のクレープ屋さんに入ってからも、あたしの頭の中は林くんの言葉でいっぱいだった。

クレープを大きな口で頬張《ほおば》ってなんとか気を紛らわせようとしても、そう簡単にはいかない。

「本当に大丈夫？　なんでも相談に乗るよ？」

「セイラ……」

一瞬、セイラに今日の出来事を話そうかなとも思った。

でも、店内の席同士の間隔があまりにも狭すぎる。

現に隣の席の先輩たちの会話はすべてこちらに筒抜けだ。

ここでハルトの話をしたら、先輩たちにも聞こえてしまう。

「大丈夫！　昨日、ちょっと夜更かししたせいかも」

慌てて誤魔化すあたしにセイラはホッとしたように微笑んだ。

「ていうか、セイラってバナナ食べられるようになったの？」

ふとセイラの手元にあるバナナクレープに目が行く。

昔からバナナはあまり好きではないと言っていたセイラ。

いつも決まってイチゴクレープなのに、今日はおいしそうにバナナチョコを頬張っている。

「今日はバナナって気分だったの。あっ、そうだ！　明日の放課後のオーディションって行く？」

セイラの唐突な言葉に首を傾げる。

「オーディションって？　あぁ、もしかして文化祭にやるミスコン？」

毎年各学年合わせてファイナリスト十人がステージに上り、その年の美を競い合う。

そういえばその十人をどうやって決めているのか知らなかった。

「オーディションってミスコンなの？　あれって強制なのかな？」

「強制ではないんじゃない？　出たい人が立候補するんだと思う。でも、セイラなら絶対ミスになれるよ！」

ほぼ間違いなく九十九パーセントの確率で。

この学校でセイラ以上の美女を見たことがない。

「ううん。無理無理！　あたし、あがり症だし、大勢の人の前に立つのは苦手だから」

「えー、もったいないって！　それならあたしも一緒にオーディション受けようか？」

「うーん、でも真子が一緒なら考えてみようかなぁ」

なんの気なしに放った一言だった。

セイラがミスに選ばれたら親友のあたしにとって誇りだし、引っ込み思案な性格のセイラの自信に繋がると思っていたから。

「――ぶっ‼」

すると突然、隣の席の先輩たちが目を見合わせて吹き出した。

え？　何？

困惑して先輩たちに視線を向ける。

「ごめんごめん！　隣だから話聞こえちゃったの。あたしたちミスコンの担当の係やってる三年なんだけど、あなたは明日のオーディションには来ないでね？」

「え……？」

先輩はあたしを見つめてあざけるような笑みを浮かべる。

その冷たい笑みに思わず身構える。

「毎年、あなたみたいに可愛い友達にくっついてきてオーディション受けようとする子がいるんだけど、正直人数増えて迷惑なんだよね。そもそも可愛い子にはちゃんとオーディションに来るようにって事前に声をかけてるんだから」

頭の中がクエスチョンマークでいっぱいになる。

「それって……どういう……」

「だーかーら、友達の付き添いでオーディション受けて自分のほうが受かっちゃうとかいう夢物語なんてないよ、ってこと」

「ちょっと、ハッキリ言いすぎ！　可哀想《かわいそう》じゃん！」

「だって、明日のオーディションには事前に声をかけられた可愛い子だけが来るんだよ？　そのために可愛い子にしかオーディションの日程教えてないんだから！」

「確かに〜。言われてみればそうか！」

ゲラゲラと手を叩いて笑う先輩の声が脳からフェードアウトしていく。

「神条さん、あなたは絶対に来てよ？　みんな期待してるから」

「でも……」

セイラは困ったように眉間にしわを寄せてあたしと先輩を交互に見つめる。

その視線に傷つく。

違う。そんなつもりなんて一ミリもなかったし、考えてもいなかった。

セイラの付き添いでオーディションを受けて自分が受かるかもなんておこがましいことは。

ただ、自分がついていくことでセイラがミスのオーディションを受けるきっかけになってくれたらうれしいと思っただけ。

ただそれだけのことだったのに。

先輩たちはなおもあたしを見下したように笑っている。

オーディションが明日なんて知らなかった。

それも当然だ。

あたしは声をかけられていない。

可愛くないから。セイラみたいに可愛くないから。

だから、だから、だから。

穴があったら入りたいってこのことかも。

逃げ場もないこの状況で恥ずかしさと情けなさが入り混じって胸が締めつけられて息が苦しくなる。

自分自身を守るための防衛機能が働く。

目頭が熱くなり、涙が出るのを必死で堪えていると、自然とヘラヘラした笑みを浮かべてしまっていた。

「――先輩。ミスコンのオーディション、辞退します」

セイラはハッキリとした口調でそう言うと、イスから立ち上がった。

「なっ！　ちょっと待ちなさいよ！」

「真子、行こう」

セイラはあたしの腕を掴《つか》んで立たせると、そのままクレープ屋さんをあとにした。

「セイラ……本当によかったの？」

店を出て何事もなかったかのように歩くセイラにそっと声をかける。

「何が？」

「ミスコン」

「いいの。最初からああいうの苦手だってわかってたから。それに、目立つことが嫌いなの真子だってよく知ってるでしょ？」

「知ってるけど……景品だってもらえるんだよ？」

お金持ちのセイラが喜ぶような景品ではないかもしれないけれど。

「そんなのいらない。人のことを見下してゲラゲラ下品に笑う、ああいう先輩が主催したミスコンには死んでも出たくないもの」

「セイラが毒づくなんて珍しいね」

数年の付き合いの中でセイラが人の悪口を言ったのを初めて聞いた気がする。

「そう？　だって、頭にきちゃったから」

「でも……あの先輩たちって怖いって有名だよね……。大丈夫かな？」

「大丈夫。もし何かされたら、その時は倍にしてやり返すから」

「ちょっ、セイラってば！　今日はどうしちゃったの～？」

「たまにはいいでしょ？」

「そうだね。セイラ、ありがとう」

心からの感謝の気持ちを込めてお礼を言うと、セイラは何も言わずに小さくうなずきながら微笑んでくれた。

セイラには勝てないな。

見た目だけじゃなく、心までも美しい。

誰もがセイラに目を惹《ひ》かれ、心を奪われる。

こんな親友がいる自分が誇らしい。

それを今日、あたしはさらに実感した。
でも、なぜだろう。一〇〇パーセント素直に喜べないのは。
心のどこかでほんのわずかだけれどセイラに対して苛立《いらだ》ちを覚えてしまっている。
こんな惨めな気持ちになってしまったのはセイラの言葉が原因だ。
ミスコン担当の先輩が隣の席にいるって……気づいてなかったの？
もし、気づいていたんだとしたら……。
そこまで考えて『ありえない』と思い直す。
セイラに限ってそんなことするはずがない。
——この時のあたしは確かにそう思っていた。

破綻《はたん》

今朝はとにかく朝からムシャクシャしていた。

弟たちにお気に入りのペンケースに落書きをされ、それを叱《しか》ると弟たちは火がついたように大声で泣き出した。

近所の迷惑になるからそんなふうに大声で感情に任せて怒ってはいけないと母に叱《しっ》責《せき》され、なんとか気持ちを抑えて登校した朝、校門をくぐると隣のクラスの男子に声をかけられた。

「――池田さん、ちょっといい？」

誘われるがままに照れ臭そうな男の子の後ろをついていく。

まさかこれって告白？　今までとくに関わり合いはなかった。

なんだかソワソワして気持ちが落ちつかない。

意味もなく髪の毛を触りながら気持ちを落ちつかせる。

中庭につくと、男の子は意を決したように息を吸った。

「あのさ」

そして続けて彼が吐き出したその言葉は、あたしをさらにイラつかせた。

「セイラちゃんって今付き合ってる人いる？　もしいないなら、どんな奴がタイプ？」

「え……セイラ……？」

「そう！　あっ、その反応って……もしかして勘違いさせちゃった？」

男の子はデリカシーのないことを言ってヘラヘラと笑う。

「どうしてあたしに聞くの……？　直接聞いたら？」

「だって池田さんなら知ってると思って」

「何それ……」

いつもだったら『セイラは彼氏いないよ』の一言だけで終わらせられるのに。

でも今日は素直にそう言えなかった。

「セイラに彼氏がいないかどうか聞いてどうするの？　いたら告白しないつもり？」

「……は？」

ケンカ腰のあたしの態度に男の子が眉をしかめる。

「みんな、セイラに彼氏がいるかとかどんな男がタイプかとか、あたしに聞いてくるんだよね。直接聞けばいいのに。高嶺《たかね》の花すぎて自分じゃ聞けないんだよね。みんな弱虫なんだよ」

八つ当たりだってわかってる。

でも、止められない。

「お前……さっきからなんでそんなに偉そうなの？」

「別に偉そうになんてしてないよ。ただ、何人にも同じ質問されて答えるのがめんどくさいだけ」

それだけ言って彼の前から去ろうとしたけれど、あたしは彼の怒りに油を注いでしまったようだ。

「待てよ！　さっきから聞いてたら好き勝手言いやがって！　お前みたいなブスが神条さんと友達っていうのがありえないんだよ‼」

「……！」

「でも、逆に可哀想だよな、お前。いつも神条さんの引き立て役でさ。どこへ行っても神条さんばかり注目されてお前は蚊帳の外。虚《むな》しい奴」

彼はフンッとあたしを鼻で笑うとあたしの肩に自分の肩を思いっきりぶつけて去っていく。

「いたっ……！」

何あれ。超嫌な奴！

アンタみたいに最低な奴にセイラがなびくわけないじゃん‼

「ふざけんな……。どうしてアンタにそんなこと言われなくちゃいけないのよ……」
小さく呟いた自分の声が鼓膜を震わせる。
頬がじんわりと温かくなる。
そこで気づいた。あたし、泣いてる。アイツの最低な言葉に泣かされてる。
最低最悪で嫌な奴。
でも、アイツの言葉はすべて当たっていた。
中学の時も今も、あたしはセイラの引き立て役で影の存在。
セイラが太陽ならあたしは月。
それでよかった。よかったはずなのに。
たまにこういう気持ちになる時がある。
セイラと自分を比べて、自分自身の価値のなさに落ち込む。
昨日、先輩たちに言われた嫌味もいまだに心の中で引きずってる。
涙が溢《あふ》れて止まらない。
あたしはそのましゃがみ込み、膝をかかえて涙を流した。
「よしっ！」
必死に涙を乾かして気持ちを整える。
最低男のせいで遅刻寸前だ。

下駄箱で上履きに履き替えて大股《おおまた》で廊下を歩き教室の扉に手をかけると、視線の先に見覚えのある二人が飛び込んできた。

それは楽しそうに話しているハルトとセイラの姿だった。

「……っ」

チクリと針で刺されたように痛む胸。

なんだろう、この感情。

心の中の小さな黒いシミが徐々に増えていく。

どうしてセイラと一緒にいるの……？

どうしてそんなに楽しそうにしゃべっているの……？

ハルトに対して抱く感情は嫉妬以外の何物でもない。

自分がこんなにも独占欲が強いなんて思いもしなかった。

ハルトがあたし以外の女の子と楽しそうにしゃべっているのを見ると、いてもたってもいられない。

何を話しているのか気になって仕方がない。

でもどうしてだろう。その相手がセイラだと……どうしてこんなにも複雑な気持ちになるのかな……？

セイラのせいで、あたしは朝から嫌な思いをしたのに。

それなのに、どうしてセイラはハルトと楽しそうにしゃべってんの？

そんなに幸せそうなの……？

なんか、ズルい。

「あっ、真子‼　おはよう！」

「真子、おはよう」

あたしに気づいて会話を中断し、にこやかに声をかけてくるセイラとニッと笑うハルトの横を黙って通り抜ける。

「え……？　真子？」

「真子！」

セイラの困惑の声。

ハルトのわずかな怒りのこもった声。

セイラに対してもハルトに対してもこんな態度をとったことは一度もなかった。

でも、あそこで立ち止まって二人としゃべれば自分の気持ちを抑えられる自信がなかった。

感情に任せて二人に八つ当たりしてしまいそうだった。

「――真子、私、何か嫌なことしちゃった……？」

自分の席につくと、あとから追いかけてきたセイラが不安そうに瞳を揺らした。

「ううん」

「でもさっき……あっ！」

何かを察したように言葉を切ったあと、セイラはそっと問いかけた。

「もしかして……私とハルトくんが一緒にいたから……？」

「え？」

セイラの言葉に顔を持ち上げる。

なに言ってんの、急に。

「真子って……ハルトくんが好きなの……!?」

声のボリュームを上げてそう尋ねるセイラ。

「ちょっ、やめてよ……‼　声が大きい‼」

「そうだったの⁉」

教室の中でそんな話をすれば、誰かが話を聞いていてもおかしくない。

そんなのを聞かれたら、まわりの子たちが騒ぎたてるに違いない。

慌ててあたりに視線を走らせた時、ハッとした。

噂好き女子の蘭《らん》と目が合ったから。

「まーーーーこーーーーー！」

彼女はニヤリと口の端を持ち上げると、滑るようにあたしの席にやってきた。

「ちょっと〜、朝から恋バナしてんの〜？　仲間に入れてよ〜！」

蘭の声は教室中の全員の耳に届くほどの大きさだった。

キンキンと高いその声に圧倒されているあたしに蘭は続ける。

「てかさぁ〜、今日真子ってば隣のクラスの男子に告られてたでしょ〜？」

「え？」

「裏庭で〜！　あたし見たんだから〜！　で、どうすんの？　付き合うんですか⁉」

蘭はテレビのリポーターのようにあたしの口元にマイクに見立てた拳をつきつける。

「や、やめてよ。そんなんじゃないから」

そもそも彼に告られてもいないし、あたしにセイラの彼氏の有無を聞いてきただけ。

それどころか肩をぶつけられて、暴言まで吐かれたんだから。

「ちょっと〜、答えになってないよ〜？　彼ってバスケ部で次期エースって言われてるし意外と女子ファン多いんだよ〜？　付き合っちゃえばいいのに？」

アイツが？

暴言だけでなく、去り際に自分の肩をぶつけていくようなあんな男にファン？

「真子、そうだったの？」

なぜか目を輝かせて自分のことのように喜んでいるセイラ。

やめて。あの男はセイラのことが好きなの。

あたしのことなんて好きじゃない。

アイツに言われた。あたしはいつもセイラの引き立て役だって。

「ねぇ、真子ってば！　黙ってないでなんとか言ってよ～？」

蘭があたしを煽《あお》る。

「真子、すごいじゃない！　どうするの？」

セイラが微笑む。

やめて。お願いだからやめて!!

まわりにいるクラスメイトたちも野次馬根性丸出しで、あたしの答えを待っている。

こんなの晒《さら》しあげ以外の何物でもない。

あたしは彼に告られてもいないんだから。

心の中のシミがさらに大きくなる。

あたしをこれ以上惨めな気持ちにさせないで!!

全身がワナワナと怒りで震える。

拳を握りしめると、あたしは吐き出した。

「――だから、違うって言ってるでしょ!?　あんな最低最悪な男と付き合うはずもないし、あんな奴にファンがいること自体が信じられない!!」

自分でも驚くぐらいの声が出た。

教室中が水を打ったかのようにシーンッと静まり返る。

これでいい。これでよかったんだ。

ようやく蘭の尋問から解放されると、胸を撫《な》でおろしているあたしにまわりからの冷たい視線が突き刺さる。

「ちょっと、真子ってば～！　勇気を出して告ってくれた相手に対してそれは冷酷すぎない？　可哀想だよ」

蘭の顔が引きつっている。

「え……？」

誤解されていると気づいた時には遅かった。

クラス中のあちこちから、「ひでーな」、「あんな言い方ないよね」という非難の声が飛ぶ。

「ち、ちがっ‼」

顔を持ち上げると、じっとこちらを見つめるハルトと目が合った。

その目には明らかな軽蔑《けいべつ》の色が見て取れる。

このままじゃみんなに誤解されちゃう。

背中に冷たい汗が流れる。

そうじゃない！

あたしが言いたいのはそういうことじゃなくて――‼

「あっ、でもさぁ～、真子にはハルトくんがいるしね～！　二人って入学当初から仲いいもんね～！」

教室中の空気が悪くなったことを察した蘭が話題を変えようと声を上げる。

「えっ……？」

「またまた照れちゃって～！　本当はハルトくんのこと好きなんでしょ～？」

蘭の言葉に再びクラスの注目がこちらに集まる。

「えっ。真子……ハルトくんが好きだったの……？」

セイラまでそう投げかけてくる。

どうしてこんなことになっているんだろう。

自分でもどうにもならない雰囲気に押し流されていく。

「それは……」

口ごもりながらもハルトに助けを求める視線を送る。

お願い、ハルト……助けて……！

映画館で助けてくれたみたいに、あの時のように。

でも、現実は残酷だった。

ハルトはあたしから目をそらすと、

「くだらない話してんなよ」

と、ぶっきらぼうに吐き捨てた。

その瞬間、自分の中でなんとか保っていた糸がプツリと切れた。

くだらない話……？　ひどいよ、ハルト。そんな言い方しなくてもいいのに！

もう自分を止められなかった。

「……じゃない」

「えっ？」

「あたしはハルトなんて好きじゃないから!!　むしろ、嫌いだし!!」

大声でそう叫ぶと、あたしはそのまま席を立ち教室を飛び出した。

そのままトイレの個室に飛び込み、鍵《かぎ》をかけるとズルズルとその場に座り込む。

「どうして……どうしてこんなことに……」

涙が止まらない。

あんなこと言うつもりじゃなかった。

ハルトのことを好きで好きで仕方がないあたしが正反対の言葉を放ってしまった。

後悔したって一度口から出た言葉はなかったことになどならない。

言葉は時として暴力となる。

わかっているのに自分の気持ちを止められなかった。

『くだらない話してんなよ』

あたしの言葉はそんなハルトへの当てつけでしかなかった。

でも、この時はまだ心にわずかな余裕があった。

きっと大丈夫だという変な自信があったから。

入学してから数か月間、あたしとハルトはクラス内で一番親しい間柄だった。

林くんだってハッキリは言わなかったけど、あたしへのハルトの気持ちを代弁しているかのようだった。

ハルトがあたしに元カノの影を重ね合わせていたっていいじゃない。

それでも、あたしを見てくれていれば。

大丈夫。ちゃんと理由を話せばハルトはわかってくれる。

そう信じていたし、そうだと疑わなかった。

でも、そうじゃなかった。

あたしの一言はすべてを一変させた。

ハルトからなんの連絡も来なくなり、挨拶《あいさつ》もしなくなり、言葉を交わさなくなり、目を合わさなくなり、廊下ですれ違ってもそのまま素通りする。

あたしとハルトはクラスメイト以下の存在になった。

そして、それ以上に恐れていたことが現実になった。

第二章

彼氏

「あたしね、ハルトくんと付き合うことになったの」

――嘘だ。そう心の中で呟く。

鈍器を後頭部に振りおろされたかのような衝撃が走った。

それは、あたしとハルトが連絡をたった日から二週間が経過した日の朝のことだった。

ハルトくんと付き合う。

ハルトくんって？

えっ？　いったい、誰と誰が？

ハルトクントツキアウコトニナッタノ。

なんで？　どうしてそうなるの？

耳の奥が狭まってしまったかのようにセイラの可愛らしい声がくぐもって聞こえる。

「えっ……？」

「ハルトくん……ほら、同じクラスの」

「あぁ、うん。それはわかるけど」

なんとか必死に答える。

顔中の筋肉という筋肉が小刻みに震える。

「で、でもどうしてハルトと……セイラが？」

「じつはね、あたし……ずっとハルトくんのことが好きだったんだ。それで……昨日告白してＯＫをもらえたの」

真っ赤になった頬を隠すかのように両手を当ててはにかむセイラにめまいがする。

ずっと好きだった……？　セイラがハルトを？

「えっ……、ちょっと待って。ビックリしすぎてよく理解できない」

そもそも、セイラがハルトを好きだっていうのも初耳だ。

あまりの動揺に心臓がドクンドクンッと嫌な音を立てる。

「驚かせてごめんね。本当は昨日告白する予定じゃなかったの。でも、たまたま放課後教室で二人っきりになったから……思わず言っちゃった」

「へ、へぇ……」

「あたしね、ずっと真子はハルトくんのことが好きだと思ってたの」

「え？」

セイラの言葉に耳を傾ける。

「真子とハルトくんって入学した時から仲がよかったでしょ？　だから、真子はハルトくんが好きなんじゃないかなって思ってて……。でも、真子の口からそういう話は聞いたことがなかったし、ちょっと前にハルトくんのこと好きじゃないって言ってたのを聞いて……ちょっと安心したの」

安心した？　なんで？

「あたしね、真子がハルトくんを好きなら諦《あきら》めようって思っていたから。あたしにとって一番大切なのは親友の真子だから」

セイラが天使のように美しい笑みを浮かべる。

純粋で真っ白でけがれのないセイラ。

きっと今話したことにも嘘や偽りはないだろう。

それなのに、どうしてだろう。

どうしてあたしの心の中は嵐《あらし》みたいにかき乱されて荒れているんだろう。

「ていうかさ、もしあたしがセイラと同じ人……たとえばハルトを好きだったとしても、あたしはハルトをセイラに譲る気はなかったよ？」

そもそもあたしはセイラがハルトを好きだと知らなかった。

でも、もし知っていたとしてもあたしはセイラにハルトを譲る気なんてこれっぽっちもなかった。

それほどまでにハルトのことが好きだったから。

「もちろん。あたしがそうしたっていうだけの話。でも、よかったなぁ。真子と同じ人を好きにならなくて」

セイラの言葉はあたしの感情を逆撫《さかな》でする。

「……そうだね」

感情がこもらず、棒読みになってしまう言葉。

「あっ、あたしね、誰かと付き合うの初めてだから。いろいろ協力してくれる？」

協力って？　いったい何を協力しろって言うの？

「……真子？」

黙って一点を見つめたままのあたしにセイラが不思議そうに首を傾げる。

「あっ……うん……。あたしにできることなら」

「ありがとう、真子！　あたしとハルトくんの恋、応援してね！」

セイラがうれしそうに微笑む。

あたしはそんなセイラを見て、『おめでとう』の一言さえかけてあげる余裕はなかった。

「――なんで!?　どうしてセイラなの!?」

家に帰ると持っていた学生カバンを床に叩きつけた。

怒りと悲しみは時間の経過とともに徐々に増していく。

放課後セイラにどこかへ寄り道してから帰ろうと誘われたけれど、とてもそんな気にはなれなかった。

本来ならば親友に初彼氏ができたら一緒に喜んでお祝いしてあげるだろう。

セイラに彼氏ができて喜ばないといけないっていってわかってる。

でも、それを心が拒否する。

ハルトじゃなければ。

もしもその相手がハルトでなければ、あたしだってちゃんとお祝いしてあげられた。

心からの祝福を込めて。

でも、違う。ハルトだ。

セイラの彼氏はハルト。あたしの大好きなハルト。

「どうして……？　どうして二人が……」

セイラとハルトはそれほど親しかったとは思えない。

あたしとハルトが二人で話している時に、セイラが加わることもあったけれど。

まさか……あの映画を観に行った時に親しくなった……？

そもそもハルトと二人で行くはずだった映画にセイラが割り込んできたせい？

そうなの？
もしそうだとしたら——。
ギリギリと奥歯を噛む。
やっぱりあの時、無理にでも断るべきだったんだ。
むしろもっと前からハルトが好きだったとセイラに伝えるべきだった。
そうすればセイラはきっとあたしにハルトを譲ってくれたはず。
「あぁ～、もう‼　ムカつく‼」
自然と口から零《こぼ》れた言葉。
ムカつく……？
あたしはいったい、誰にムカついてるの。
鈍感すぎてあたしがハルトを好きだと気づかなかったセイラ？
あたしのことを好きなような態度をとっておきながらセイラと付き合ったハルト？
ハルトが好きなのに意地を張って『嫌い』と言ったあたし？
モヤモヤとする感情に戸惑い、自分自身にそっと問いかける。
けれど、ハッキリしない。
あたしをこんなにも苛立たせているのはいったい誰なの……？
目をつぶり再び自分に問いかけると、まぶたに浮かんだのはセイラの姿だった。

あたしの気持ちなんてまったく知らないセイラ。

その時、ふとある疑惑が頭をもたげた。

もしかして、本当は知ってた……？

セイラはずっと純粋なふりをしていただけで……あたしがハルトを好きなことを知っていたとしたら？

あたしたちがうまくいかないように裏で手を回していた？

なんらかの方法であたしとハルトが二人っきりで映画に行くことを知って、それを邪魔したの？

隣のクラスの男子に告られたと蘭に誤解された時だってそう。

『すごいじゃない！』とセイラは自分のことのようにうれしそうだった。

極めつけは『真子……ハルトくんが好きだったの……？』というセイラの言葉。

『あたしはハルトなんて好きじゃないから‼　むしろ、嫌いだし‼』

あの言葉のせいで、あたしはハルトを『嫌い』と言ってしまった。

そのせいであたしたちはあの日を境に口をきかなくなってしまったんだ。

あんなに仲がよかったのに。

いつだってハルトはあたしに笑顔を見せてくれたのに。

あたしだけに。

それなのに、あの笑顔をセイラが独占するの……？

あたしの知らないハルトのことを知っていくの……？

手を繋いで、抱き合って、キスをして。そんなことをするの……？

背中からジリジリとした真っ黒い感情がせり上がってくる。

セイラはズルい。

あたしが持っていないものをすべて持っているくせにハルトまで欲しがるの？

お金持ちの両親と高層階の超高級マンション。

運動だって勉強だって校内で負け知らずで、中学から毎年何かしらのコンクールに入賞していて。

書道、ピアノ、英語、茶道などの習い事もしている。

可愛いときれいの両方を持ち合わせた容姿に、染めていないのに色素の薄い茶色い髪の毛。

雪のように真っ白で長い手足。

おっとりとしたしゃべり方、柔らかい微笑み、白くきれいに整った歯。

毎年長期休みでは海外に行き、見たこともない可愛らしいお土産を買ってきてくれるセイラ。

『いつもありがとう』
『気にしないで。私が真子に似合うかなって思って勝手に買ってきただけだから』
って完璧な嫌味のない言葉で流すセイラ。
一方で金銭的に余裕のないうちは家族で海外どころか国内旅行に行くこともない。
それを、セイラは知らない。
あたしがいつもセイラとの違いで悩んでいたことも、傷ついていたことも。
屈辱的な気持ちになっていたことも。
あの子は全部知らない。
あたしたちは親友なのにすべてが正反対だ。
うちはお金がなくてボロいアパート暮らしで子だくさんの大家族。
父は小さな工場の契約社員で母は近所のスーパーでパート。
ギリギリの生活。
私はといえば、運動だって勉強だって平均より少し下。
賞状をもらったことだって一度もない。
習い事は小学生の時にやったそろばん教室だけ。
それも家庭の事情を考えて数か月で辞めた。
真っ黒で湿気を含むとうねってしまう髪の毛。

日焼けしやすくすぐに真っ黒になってしまう肌。

平均的な手足の長さ。

手を叩いて大笑いするクセ。下品な笑い声。並びが悪くいびつな歯。

長期休みに行くのは、小さな弟たちの楽しめる乗り物一回一〇〇円の電車で三十分ほどの激安遊園地。

そんなところでお土産なんて買えるはずもなく、あたしはいつもセイラにもらってばかりで虚しさをかかえていた。

何もかも違うのだ。

セイラとあたしは。

どうして今まで気づかなかったんだろう。

あたしがこんなにも劣等感を感じるのはセイラと一緒にいるからなのだと。

だから、か。

中学時代、セイラが女子から嫌われていた理由はなんとなくわかっていた。

自分の好きな人や彼氏がセイラに目を奪われて心惹かれていくのが気に食わなかったのだ。

それだけではなく、セイラという存在がいることによって自分がどれだけちっぽけな人間であるかを思い知らされるのが苦痛だったんだろう。

その感情は劣等感、嫉妬、妬み、ヒガミ……そのすべてを混ぜ合わせたようだったに違いない。

セイラは教室の中でいつも一人ぼっちだった。

悲しく寂しく孤独なはずなのにセイラは取り乱すことはなかった。

いつも自分の席に座り、静かに本を読んでいた。

でも、あたしは一人ぼっちのセイラの気持ちを悟り、その姿に胸が痛んだ。

男好きで陰で男に色目を使う。

隣のクラスの子の彼氏を取った。

女子が話しかけると無視する。

見下したような目で見てくる。

天然ぶっている。

靴に画びょうや虫を入れた。

キレると攻撃的になって怒鳴りつけてくる。

セイラの悪い噂は絶えずあたしの耳に届いた。

それでもクラス替えで同じクラスになった時、思いきって声をかけてみた。

驚いたような表情を浮かべたあと、すぐにうれしそうに柔らかい笑みを浮かべたセイラを見てあの時思ったんだ。

この子はみんなが噂をするような悪い子じゃないって。

だから今の今まで一緒にいた。

でも本当にそうだったの……？

本当にセイラは……みんなが噂するような子じゃなかった？

自分自身に問いかけてみても返事は返ってこない。

今はセイラのことを考えるだけで苛立ってしまう。

やめよう。もうセイラのことを考えるのは。

セイラの粗ばかり探そうとしてしまっていた自分に心底幻滅する。

「……ハァ……」

怒りとは一転、今度は体中の力が抜ける。

フローリングの床にヘナヘナと座り込んだ時、ポケットの中のスマホが震えた。

確認してみるとセイラからメッセージが届いていた。

【セイラ：真子、今日はごめんね。頭痛がひどくて放課後のことよく覚えていないんだけど、私、変なこと言ってなかった？】

【変なこと？　ハルトと付き合うことになったっていうのは聞いたけど】

【セイラ：そうなの。私ね、清水くんと付き合うことになったの】

さっきも聞いたし。天然もここまでくるとあざとく感じる。

【セイラ：実はね、清水くんと明日映画を観に行くことになったの。私一人だと心細くて……。だから、真子も一緒に行ってくれない？】

「は？」

低い声が漏れた。

何それ。なんなのよ。

どうしてよ。どうしてそんなお願いをしてくるのよ。

既読スルーすることに決めてスマホを放り出す。

何が楽しくてセイラとハルトのデートにあたしがついていかなくちゃいけないの？

ギュッと拳を握りしめて、投げ出している太ももに叩きつける。

「どうして！　どうして！　どうして！　どうして‼」

みるみるうちに太ももが赤く腫《は》れ上がっていく。

自然と涙が溢れる。痛い。痛くて仕方がない。でも、痛いのは体じゃない。心が痛くてたまらない。

あたし、どんどん嫌な奴になってる。

大切な親友であるセイラのことを疑って悪く思う自分が本当に嫌になる。

悔しさ、悲しさ、怒り、呆れ。さまざまな感情が複雑に絡み合う。

「どうしてなのよ……！」

やり場のない怒りは涙となって溢れる。
あたしがこのまま我慢すればいいの……？
そうすればまた元の生活に戻れる？
結局、最後までその答えが出ることはなかった。

後悔

「セイラ、おはよう！」

翌朝、気持ちを落ちつかせるために一度大きく息を吸い込んでから教室に入りセイラの席に歩み寄る。

「あっ……真子、おはよう。あのさ、昨日――」

「ごめん〜！　返事返そうって思ってたんだけど、寝ちゃってさ」

「そうなんだ……？」

セイラは明らかにあたしの顔色をうかがっている様子だった。

今までセイラからのメッセージはすぐに返信していたし、遅れたとしても必ず返信はした。

返事をしなかったのは昨日が初めてだった。

本当は、今の今までずっと悩んでいた。

これからどうセイラに接していくか。

だけど、セイラとハルトが付き合い始めたということは紛れもない事実。

昨日は動揺してしまったけれど、こうなってしまったからには気持ちを切り替えなくてはいけないのかもしれない。

今のあたしにできることは悲しいけれどそれしかない。

いまだに胸は痛むけど、いつかは……きっと癒えてくれるよね……？

「でさ、今日のハルトとのデートの付き添いだけど一緒に行くよ」

「え……？　本当にいいの？」

目を輝かせるセイラ。

「もちろん！　ちゃんと協力するから」

それは本心だった。親友のセイラのためにあたしができることはしよう。

たとえ、それが自分の大好きだったハルトだとしても。

「ありがとう、真子。すごく心強いよ」

「ふふっ、だってあたしたち親友じゃん？」

ホッとしたようにはにかむセイラに微笑み返す。

「あっ、ていうかそのピン可愛い～！　初めて見たんだけど！　もしかしてデートだからおしゃれしてきたの？」

セイラの髪についているゴールドの星のヘアピンに目が行く。

「そういうわけではないんだけどね」

ピンを触って照れ臭そうに微笑むセイラ。

「いいなぁ～！　それどこで買ったの？」

「これ、私の手作りなの」

「えっ!?　そうなの？　セイラって手先器用だもんね！　お店に出せるレベルだと思うよ？」

「そんなことないよ。これは試作品だからへたくそなの。あっ、今度真子にもちゃんとしたの作ったらもらってくれる？」

「いいの～？　うれしい－！」

「真子とお揃いのものが持てるだけで私はうれしいから」

照れ臭そうにはにかむセイラ。

「セイラってば！　ありがとう、楽しみにしてるね！」

「うん！」

あたしとセイラは今まで一度だってケンカをしたことがない。

いつもこうやって二人で楽しく過ごしている。

きっとこれから先もこんな関係はずっと永遠に続いていく。

だからもう、あたしがハルトに対して感じていた感情は抑えなくてはいけない。

親友を応援しよう。

いつまでも悩んでいるのはあたしらしくない。

今、あたしはそう心に決めた。

「神条、ちょっといい？」

その時、斜め後ろから聞き覚えのある声が落ちてきた。

振り返らなくてもわかる愛《いと》おしい人の声。

いつも『真子』ってあたしの名前を呼ぶ少しかすれた低い声。

でも呼んだのはあたしの名前じゃなかった。

「あっ、うん。ちょっと行ってくるね」

名前を呼ばれて少し頬を赤らめたセイラが席を立ち、揃って教室から出ていく。

その後ろ姿を見つめていると、二人を応援しようとしていた気持ちがしぼんでいくような気がした。

それはまるで空気の抜けた風船のよう。

応援なんて本当はしたくない！　あたしのほうがハルトのことを好き！

そう主張してしまいたくなる。

……ダメ。こんなこと考えちゃダメ！　セイラにも失礼だ。

あたしってば、いったい何を考えてんの⁉

自分自身を戒めていると、ポンッと肩を叩かれた。

振り返ると、そこにいたのは蘭だった。

「ちょっと～、真子ってば！　あれなんなの～？」

「あれって何が」

「セイラとハルトくんのこと～！」

「あの二人、付き合いだしたんだって」

「え？」

「だから、ハルトとセイラ付き合ってんの」

そう言った瞬間、蘭が「えーーーーー！」と絶叫した。

「ハァ⁉　何それ！　なんなのよ、それ‼　どうしてセイラがハルトくんと⁉」

「声が大きい！」

蘭の口元を押さえると、蘭はうんうんっと二度うなずいた。

「で、で、どうしてそうなっちゃうの？」

本人は押し殺した声で話しているみたいだけど、きっとまわりの子には筒抜けに違いない。

でも、まあそれはそれで都合がいい。

噂好きの蘭なら二人が付き合っていることを知れば、それをすぐに広めるだろう。

その噂はきっと瞬く間に校内に広がるはず。

そうすれば、嫌でもあたしはハルトを諦めなければいけない状況になる。

自分の意思で諦められないならば、人の手を借りるのも一つの手だ。

「なんでって言われても。お互いに好きだったんじゃないの？」

「ハァ⁉　んなわけないでしょ⁉　ハルトくんは間違いなくアンタのことが好きだったもん！」

「まさか。だとしたらセイラと付き合うわけないじゃん？」

「いやいや、ありえない‼　あっ、ていうか……もしかして……こないだのあれのせいだったりする？」

「え？」

首を傾げて聞き返す。

「前に、あたしがいろいろ言ったから。真子とハルトくんって仲いいとか……さ」

「あぁ……」

『あたしはハルトなんて好きじゃないから‼　むしろ、嫌いだし‼』

あたしの言葉は、きっとハルトの耳にも届いていたに違いない。

あの日を思い出すだけで胸が張り裂けそうになる。

「別に蘭のせいじゃないよ。もしもハルトがあたしを好きだったとしてもあれぐらいのこと言われただけですぐに嫌いになるなんてありえないし」

そう思わないと後悔で心が壊れてしまう。

笑顔を崩さないように必死に頬を持ち上げる。

「いや、でもさハルトくんって昔の彼女といろいろあってさぁ」

「あっ、そっか。蘭もハルトと同中だっけ？」

「そうそう。しかも、三年間同じクラスだったから結構いろいろ知ってるんだよね～」

得意げに話す蘭。

「その元カノ、浮気してたんだって。それでそれを問い詰めたハルトくんに彼女が言った言葉が……『あたしが全部悪いわけ？　ハルトのこともう嫌いになったから』だった気がするんだよね」

「え……？」

「こないだの真子の言葉でハルトくん昔のこと思い出しちゃったんじゃない？　だからセイラと――」

あたしも言ってしまった。ハルトに。

『むしろ、嫌いだし‼』

って。言葉は少し違うけど、同じニュアンスのことを言ってしまった。

「――ち、違うよ。蘭の考えすぎだって。あたしちょっとトイレ行ってくるね！」

ハハッとおどけたように笑って席を立つ。

そっと手を持ち上げて指先を見つめる。

蘭の言葉に手が震えるぐらい動揺してしまっている。

知らなかった。ハルトと元カノにそんな事情があったなんて。

最悪だ。あの時のあの言葉でハルトとあたしの仲が切り裂かれたっていうの？

あの言葉を発したりしなければ、今ハルトと一緒にいられたのはセイラではなくてあたしだった？

まさか……そんなはずないよね。

「あっ……」

廊下を出た時、ばったり林くんと目が合った。

林くんは嫌悪感丸出しの瞳であたしを見つめている。

タイミングがよかった。

林くんに聞いてみよう。ハルトとハルトの元カノとのこと。

そうしないととてもではないけれど平静を保っていられない。

「林くん、ちょっといい？」

廊下の端に林くんを誘うと彼は渋々ついてきた。

「で。要件は？」

明らかに不機嫌そうに腕組みをしながらそう問いかける林くん。

「あの……ハルトと……元カノの話を聞きたくて」

「なんでそんなこと聞きたいわけ？　お前、ハルトのことが嫌いなんだろ？　この間教室で言ってたじゃん」

「林くんも……聞いてたんだ？」

「聞いてたっていうか、聞こえた。つーか、いくらなんでもあんなでかい声で嫌いとかいうのってひどくね？」

林くんがなぜ怒っているのかすぐに悟った。

「あれは……ハルトが先に……」

「くだらない話してんなって言ったから？」

林くんの言葉に静かにうなずく。

林くんは大きなため息と一緒に押し殺したような声を吐き出した。

「バカだな、お前。自分の好きな女が違う男に告られたって話を聞いたら嫌な気持ちになるだろ。もしかしたら取られるかもって不安になったりするし。ハルトだってそうだろ。お前があれこれ聞かれてそれに耐えられなくて、ああやって言ったんじゃねぇの？」

「っ……」

「それにさ、告ってきた男のことあんなふうに言うことなくね？」

『あんな最低最悪な男と付き合うはずもないし、あんな奴にファンがいること自体が信じられない‼』

確かにあたしはあの時、隣のクラスの男の子のことを悪く言った。

でも、彼に告られたわけではない。彼はセイラが好きなんだ。

「それは違う——！」

「俺には何が違うのかよくわかんないけど、ハルトも池田のこと見損なったと思う。あの日以来、お前の話なくなったし」

「……っ」

「ハルトの中学の時の彼女ってさ、人の悪口言う奴だったんだよ。しかも、浮気症。それでもハルトは耐えてたんだよ。そいつのことが好きだったから。でも、別れ際に言われたんだ」

「——ハルトのことなんて好きじゃない、って？」

「なんだ、知ってたのかよ。そうだ。だから、今度は人の悪口を言わない優しくて信用できる子と付き合いたいって。俺は池田もハルトと同じ気持ちだと思ってたから応援してたけど……そうじゃなかったんだな」

林くんは呆れたような表情であたしを見つめる。

違う。そうじゃない。そうじゃないの。

心の中で叫んでもその言葉は喉《のど》の奥底に沈んでいく。

「ハルトはお前のことが好きだったのに、うまくいかなくて残念だったよ」

林くんはそれだけ言うとあたしの横を通りすぎていった。

眼球が左右に揺れる。ドクンドクンッと大きな音を立てて震える心臓の音だけが妙に脳に響く。

ハルトはあたしのことが好きだった。

好きだった。

だった。

もう過去形になってしまったの……？

息をするのも忘れてしまうぐらい動揺していた。

ねぇ、ハルト。あたしたちのボタンはいつかけ違えられてしまったんだろう。

あの日、あの時、あたしが『嫌い』なんて言わなければ、今ハルトの隣にいるのはあたしだったんだよね……？

ハルトの隣の席は……セイラじゃない。

あたしだけのものだったんだ。

その場に呆然と立ち尽くすあたしに、後悔が波のように一気に押し寄せてきた。

「ハァ……、ダメだなぁ。何度練習してもハルト……って名前で呼べないよ」

休み時間、食堂でお昼を食べながらセイラは苦笑いを浮かべた。

「ハルトって呼んでって言われたの？」

「ううん、言われてないよ。でもさ、彼氏彼女になったっていうことは下の名前で呼ばないとかなって。いつまでも清水くんと神条さんっていうのもどうなんだろう。真子はどう思う？」

「別にいいんじゃない？　無理に名前で呼び合ったりしなくて」

口に含んでいるサンドウィッチの味がまったくしない。

まるで砂でもかじっているみたい。

「そうかなぁ？　でも、真子はハルトって呼んでるよね？」

「……もしかして嫌だった？」

「ううん！　違うよ！　そんなわけないもん！　男の子のことを気軽に下の名前で呼べるのがすごいなって思って。それに真子と清水くんは仲のいい友達でしょ？　二人が名前で呼び合ってるのを見ると私うれしいもん」

あたしとハルトが仲のいい友達……？

グッと拳を握りしめる。

「どうしてセイラがうれしいの？」

「だって、大好きな親友と彼氏が仲よしなんてすごく幸せなことじゃない？」

やっぱりいくらサンドウィッチを噛んでもまったくおいしくない。

食べるのを中断してセイラの顔をじっと見つめる。

「ねぇ、セイラ」

「うん？」

「セイラは今、幸せ？」

そう問いかけると、セイラはとびっきりの笑顔を浮かべた。

「もちろん！　全部、真子のおかげだよ」

キラキラと眩《まぶ》しいほどの幸せオーラを放つ今日のセイラはひときわ輝いて見えた。

「――いいよねぇ、セイラは」

「え？」

「だってさ、なんか不公平じゃない？　お金持ちで可愛くてスタイルもよくて頭もよくて運動もできて彼氏もいて……幸せでさ。あたしとは真逆だよね」

顔が引きつる。それを見られないようにうつむきながら言う。

「そんなことないよ。真子はあたしにないものをたくさん持っているでしょ？」

「たとえば？」

「仲のいいたくさんの家族がいるじゃない。それに、可愛い弟が四人もいるでしょ？

真子の家ってみんな仲がよくて本当に羨《うらや》ましい」

「……本気で言ってるの？」

「もちろん本気だよ。うちは家に帰っても両親ともに忙しくて家に誰もいないことも多いし。兄弟もいないからいつも一人だもん」

仲のいい家族がいて可愛い弟が四人もいる？　何それ。

あたしってそれだけしかないの？　家族の数しかセイラに勝てないってこと？

「……ふっ……あははは‼」

思わず笑ってしまった。

何その答え。

大家族ゆえに金銭的に大変な上、派遣社員でいつ切られてもおかしくない父とパートの母。

毎日の食べ物の心配すらするあたしたち家族の何がいいのよ？

「それって新手の嫌味？」

「え……？」

「セイラはあたしたち家族の生活なんて一日だって耐えられないと思うよ？」

「そんなことないよ！　真子の家族って素敵だと思う！　中学の時だって運動会で手作りのお弁当を作って応援に来てくれてたでしょ？　ああいうの私はすごく――」

「――やめてよ‼」

セイラの言葉を制止する。

思い出したくもない過去の話を唐突に始めたセイラに怒りが募る。

中学時代の運動会の昼食は、クラスをいくつかに分けて家族を交えて食べるのが恒例だった。

それぞれが持ち寄ったおかずを全員で食べるということもあり、まわりの友達の家はみんな市販されたオードブルなどを持ってきていた。

セイラのお母さんは仕事で来られなかったけど、大量の宅配ピザを届けてくれた。

セイラの家からのピザをみんなうれしそうに食べていた。

それなのに、うちだけは家で作ったへたくそな卵焼きや安物のウインナー。

しまいには手作りの大量のおにぎり。

『私、自分の親以外が作ったおにぎり食べられない』

『なんだか汁が出てません？　この時期の手作りのお弁当は食中毒が怖いからうちの子にはちょっと……』

生徒も保護者も母が作った手作りのお弁当にはほとんど手をつけなかった。

その場にいたあたしは顔から火が出るぐらい恥ずかしかった。

『あそこの家は子だくさんで貧乏だから』

と笑われているのを知っていたから。

でも、セイラだけは違った。

市販のものやピザには一切手をつけず、母が作ったお弁当ばかりを『おいしい』と繰り返しながら食べた。

母はそれを喜び、『やっぱり運動会のお弁当は手作りじゃないとね！』と言ってのけた。

そのたびにあたしが恥をかいたのをセイラは知らない。

セイラが『おいしい』なんて余計なお世辞を言わなければそんなことにはならなかったのに。

あたしが恥をかくこともなかったのに。

「知りもしないくせに勝手なこと言わないでよ！」

感情が高ぶって大きな声になってしまった。

「あっ……」

セイラが目を潤ませている。

「ご、ごめん！　言いすぎた！」

「ううん、いいの。私こそなんかごめんね。でも、嘘じゃないから。私は真子の家族に憧《あこが》れてるよ」

二人の間に気まずい空気が漂う。

こんな雰囲気になったのは初めてだった。


結局、食べ終わるまでの間、あたしたちは無言だった。

こんなことになったのはあたしのせいだ。

自覚はあった。

セイラがハルトの話を始めたあたりから、自分の中で感情を抑えることができなくなってしまった。

セイラがハルトのことを名前で呼ぶなんて考えたくもなくて。

こんなのセイラへの八つ当たりもいいところ。

あたしがハルトのことを好きだと知らないセイラに対して冷たく当たるなんて最低すぎる。

あたしのバカ。ちゃんと応援するって決めたくせに。

それなのに、どうしてこんなにも心が揺れてしまうんだろう。

どうしてまだこんなにもハルトのことが好きなんだろう——。

困惑

「今日、真子も一緒でいいかな？　私ね、デートってしたことがなくて緊張しちゃいそうだから……」

「……あぁ。わかった」

放課後になりセイラとともにハルトの席に向かうと、ハルトは気まずそうに視線を下げた。

「よかった。じゃあ、行こうか！」

セイラは明るい声で言うと、私に腕を絡めて歩き出す。

その後ろからハルトがついてくる。

「ねぇ、これって逆じゃない？」

「逆？」

「普通は、セイラとハルトがこうやって歩いて、あたしが後ろからついていく感じでしょ」

「……確かに……そうだね。でも、私まだダメなの。清水くんと二人っきりになったりすると心臓がドキドキしちゃって目も見られなくて。何をしゃべったらいいのかもわからなくて頭がパンクしちゃいそうになるんだ」

「そんなの少しすれば慣れるよ」

「そうなのかなぁ？」

困ったように笑う純粋なセイラに胸がキュッと痛む。

セイラは昔からそう。真っ白。純白そのもの。

だから計算して誰かをあざむこうとしたり、嫉妬したり、妬んだり、疑ったりすることもない。

そんなセイラのそばにいると、自分がどんなに真っ黒な人間か思い知らされる。


映画館につき、チケットを買って座席に向かう。

「あっ……」

途中、気づいた。

先頭のハルトの後ろを歩いてしまっていた。

このままじゃ、ハルト、あたし、セイラの順番であたしが真ん中の座席に座ることになってしまう。

以前来た時のことを思い出す。

セイラがあたしとハルトの間に入ってしまった。

でもあの時、セイラはあたしに席を譲ってはくれなかった。

知っていたはずなのに。

あたしとハルトが二人っきりで映画に行く約束をしていたってセイラは知っていたはずなのに。

いくらあたしがハルトを好きではなかったといっても、二人っきりで映画を観に行く約束をしていたのをセイラは知っていた。

それは紛れもない事実。

それなのに――。

「真子?」

その場に立ち止まってしまったあたしの後ろから心配そうな声がする。

唇が震えた。でもそれを必死にこらえてあたしは振り返った。

「――セイラ、先に行って。ハルトの隣に座りなよ」

絞り出したあたしの声は蚊の鳴くように小さな声だった。

映画が始まった。

以前三人で来た時に見たホラー映画とは真逆の感動ものの作品が大きなスクリーン

に映し出される。

家族に愛されずに育った少女が孤独と絶望の淵《ふち》から這い上がり幸せを掴むまでを描いた物語。

隣に座るセイラは序盤からボロボロと涙を流していた。

逆にあたしの目からは一滴たりとも涙なんて流れてはくれなかった。

ずっと考えていた。

あの時、ハルトと二人っきりで映画に行ったとしたらどうなっていたんだろうって。

セイラがあの時あたしのことを映画に誘ったりしなければ。

ハルトが三人で行こうと誘った時に遠慮して断ってくれていれば。

そうすれば、きっと今ハルトと一緒に映画を見ているのはあたしだった。

たらればばかり考えていても仕方がないとわかってる。

でも考えずにはいられない。

あたし、このまま黙ってハルトのことを諦めるの？

諦められるの？

自分自身に問いかける。

でもその答えは出ない。

気持ちが揺れる。

悶々《もんもん》とした気持ちをかかえたままスクリーンにはエンドロールが流れる。

それも終わりパッと明るくなった場内。

あたしはセイラを見て苦笑いを浮かべた。

「セイラ泣きすぎだって〜！」

「だって……感動しちゃって……。一生懸命頑張ってて偉いなぁって思ったら涙が止まらなくて……。ごめん……ちょっと待っててね。タオル出すから……」

セイラが足元のバッグに手を伸ばすために腰を折った瞬間、ハルトと目が合った。

あたしがハルトを『嫌い』と言った日以来のことだった。

ハルトの茶色い瞳があたしをとらえて離さない。

あたしもハルトの瞳から目をそらさなかった。

互いの視線が熱く絡み合う。

ハルトが、ごくりと唾を飲み込む。

男らしい喉仏が上下した瞬間、ドクンと心臓がジャンプした。

それはほんの一瞬のことだったはず。

それなのに、ずいぶん長い時間に感じられた。

入学してから今までの出来事が頭の中を忙しく駆け巡り、フタをしたはずのハルトへの気持ちが溢れ出す。

「お腹空いたね。何か食べる？」

体を起こしたセイラに遮られてハルトの顔が見えなくなる。

やっぱり好きだよ。あたし、やっぱりハルトが好き。

手を伸ばせば届く距離にいるのに、それすらもうできないなんて。

……そんなの嫌だよ。

「うん……。あたしはどちらでもいいよ」

セイラにそう答えるのが精いっぱいだった。

ハルトと目が合った。

ただそれだけのことであたしは泣きそうなぐらい心を揺さぶられていた。

「セイラと……付き合い始めたんだね」

セイラがトイレに向かい、エントランスのイスにはあたしとハルトの二人っきり。

隣に座るハルトに勇気を振り絞って声をかける。

「……あぁ」

ハルトはうつむいたまま答えた。

「そっか。セイラ、いい子でしょ？　可愛いし、優しいし……自慢の彼女だね」

自分の言葉に心をズタズタに切り裂かれているなんてバカみたい。

『おめでとう』

本当はそう祝福してあげないといけないってわかってる。

でも、心が言うことを聞いてくれない。

「付き合うならセイラみたいな子がいいよね。あたしが男だってそう思う――」

「――俺は」

あたしの言葉を遮るようにハルトが強い口調で言った。

「俺は……」

でもすぐに眉間にしわを寄せて何かを堪えているかのようにうつむいた。

「ハルト……？」

明らかに何かを言いかけたハルトの言葉が気になって仕方がない。

膝の上で拳を握りしめているハルトに心が揺れる。

どうしてそんなに辛そうなの……？

何かあたしに言いたいことがあったんじゃないの……？

「ごめんね、お待たせ。じゃあ行こうか」

「あっ……うん」

ニコニコと笑いながら駆け寄ってきたセイラに微笑んだ時、

「悪い。ちょっと用事思い出したから帰るわ」

隣にいたハルトがスッと立ち上がった。

「あっ、そうなんだ。残念……」

「ごめんな」

もう一度セイラに謝ると、ハルトはそのまま映画館を出ていってしまった。

「私……何か悪いことしちゃったのかな」

「え……？」

「ううん、なんでもない。あっ、そうだ。今日付き合ってくれたお礼させてくれる？」

「そんなのいいって」

「ダメダメ！　この近くにね、パスタのおいしいお店があるの！　食べて帰ろう？」

「でもいつもセイラにごちそうしてもらっちゃってるし……」

セイラはあたしが普段家族にも連れていってもらえないような高級なお店に連れていってくれる。

会計はすべてセイラ。

いつもレジの前であたしは申し訳なさと虚しさでいっぱいになる。

セイラとの差を見せつけられているようで。

「そんなこと気にしないで！　私が真子と一緒にご飯を食べたいんだから」

「うん……ありがとう」

何も知らないセイラはあたしの腕に自分の腕を絡ませて歩き出す。

「何食べようか？　パスタもいいけど、ピザもおいしいんだよ」

横を通りすぎていく男子高校生がセイラに目を奪われている。

隣にいるあたしのことなんてまったく眼中にない様子だ。

「君、可愛いね～！　ちょっと遊ばない？」

映画館を出るとすぐ、見るからに遊び人風のいでたちのチャラい男がセイラに声をかけてきた。

「すみません」

丁重に頭を下げて断るセイラ。

「ねぇ、友達も一緒でいいからさ」

男の言葉はあたしを簡単に傷つける。

友達も一緒でいい、って何？　セイラだけを誘ってるのが丸わかりだから。

あたしはセイラのおまけにすぎない。

「急いでいるので」

セイラが足を速める。

「チッ！　お高く留まりやがって。このブス！」

男の怒りの矛先はセイラではなく、なぜかあたしに向けられる。

どうしてよ。あたしは何も言ってないじゃない。

なんだかすごく損をした気分。

「あっ、真子！　今日はデザートも食べようね！　真子の大好きなパフェもあるよ！」

セイラはさっきの出来事を気にも留めていない。

それなのにあたしは悶々とした気持ちをかかえてしまっている。

悔しい。悔しくてたまらない。

あたしはセイラといると、劣等感の塊になってしまう――。


「じゃあ、また明日学校でね」

「うん。またね」

お店の前でタクシーに乗り込んだセイラに手を振る。

タクシーはそのまま走り出し、テールランプは闇夜に消えていく。

遊びの帰りに毎回タクシーを使う高校生は少ないって頭では理解しているつもり。

でも、どうしても比べてしまう。セイラと自分を。

そのたびに落ち込んでしまう。

トボトボと肩を落としながら歩いていると、

「──おーーい！　真子〜！」

背後からあたしを呼ぶ声がした。

振り返るとブンブンッと手を振って駆け寄ってくる蘭の姿が目に飛び込んできた。

「超偶然！　帰るとこ？」

「そうだけど。蘭は？」

「あたしも〜！　途中まで一緒に帰ろうよ」

「いいよ」

正直、今は一人でいたくない気分だった。

あたしは蘭とともに夜道を歩き出した。


「は？　何それ！　じゃあ、セイラのデートの付き添いしたってこと？」

「まあそんなところ」

「マジで〜？　ちょっとそれってどうなのよ！」

今日の出来事を話すと、蘭が顔を歪めた。

「ていうかさ、そもそも真子とハルトくんって超いい感じだったじゃん？　なのにどうしてセイラと付き合う流れになっちゃうわけ？　おかしくない？」

「別にあたしとハルトはいい感じなんかじゃないよ」

困ったように笑いながら心にもないことを言うあたし。

本当はわかってる。あたしがハルトを『好きじゃない』なんて言わなければ……。

勇気を出して一歩踏み出せば、きっと結果は変わった。

「いやいやいや～、ていうかぶっちゃけほぼクラス全員が真子とハルトくんが付き合うって思ってたから。それなのにセイラとか意外すぎて信じらんない。なんかさ、それって奪略されたようなものじゃない？」

「奪略……？」

「そうだよ、奪略。真子はセイラにハルトくんを奪われたんだよ」

「奪われたなんて……そんな言い方ちょっとひどいよ。あたしとセイラが中学からの親友だって蘭も知ってるでしょ？」

笑いながら反論すると、蘭が唇を尖らせた。

「知ってるよ。二人が親友だってこと。だけどさ、セイラ知ってたもん。真子がハルトくんのこと好きだって」

「それ、どういう意味？」

思わず聞き返す。

「あたしね、前にセイラに話したことがあったの。真子って絶対ハルトくんのこと好きだよって。あの二人は絶対両思いだから付き合うことになるだろうって」

「嘘……でしょ？」

セイラが知ってた……？

「本当だって！　だから、あたし思ったんだもん。セイラって大人しい顔して意外と肉食系なんだなぁ～って。だって親友の好きな人を奪っちゃうんだもん！　ビックリだから」

「そんなの……信じられないよ」

視線が小刻みに左右に揺れる。

蘭の言葉を信じることなんて到底できっこなかった。

だって、セイラは中学からの親友だから。

セイラがあたしを裏切るはずない。

あたしがハルトを好きだと知っていて、抜け駆けして告白するようなズルい子なはずがない。

「真子ってお人よしすぎでしょ～？　それにさ、ぶっちゃけセイラって女子の間で嫌われてるよ？　人の彼氏に色目使ったりするし」

中学の時と同じ理由で高校でもまたセイラが嫌われてる……？

頭の中が混乱する。うまく思考が働かずに頭痛までしてきた。

『セイラって人の彼氏に色目使うよね』

中学時代、セイラは同じ理由でクラスメイトの女子から嫌われてハブられていた。

『あの子と友達になるのやめたほうがいいよ？』

セイラと親しくなってからいろいろな子に何度も忠告された。

その時はなんとも思っていなかったけど、彼女たちはこういうことを言いたかったの……？

「ハルトくんのこと、取り返すなら今だと思うよ？　まだ付き合ってから日も浅いし。セイラが先に抜け駆けしたんだから、真子が奪ったって文句言われる筋合いないでしょ？」

蘭の言葉に心が揺れる。

「ダメだよ、そんなの。それに……セイラがそんなことするなんて信じられない」

「女の友情なんて真子が思ってるよりずっともろいから。男次第で簡単に壊れるし。仲のよかった子に男取られるなんてよくある話じゃん」

「でも……」

「いい加減、自分の気持ちに正直になりなって？　それとも、ハルトくんのことはもう好きじゃないの？」

「——そんなはずないでしょ⁉」

蘭の言葉に声を荒らげると、すべてを悟ったように蘭が笑った。

「そんなにムキにならないでよ。あたしはセイラのしてることが許せないだけだし。あたしは真子の味方だから。ハルトくんと真子がうまくいくように応援してるよ」

セイラが知っていたなら話は別。

だって、最初にあたしを裏切ったのはセイラってことだもん。抜け駆けなんてそんなのズルすぎる。

あたしは……ハルトが好き。セイラよりも……誰よりも、絶対に。

「……なんかあたし、吹っきれたかも」

「その調子！　奪われたら奪い返さなくちゃ！　真子ならできるって」

「うん」

蘭に背中を押してもらえてよかった。

悪いのはセイラだ。

ハルトはセイラの彼氏じゃない。あたしの彼氏になるの。

「蘭、ありがとう」

蘭に微笑みかけると、胸の中にスッと涼しい風が吹いた気がした。

誘惑

「ねぇ、真子。清水くんと真子っていつもどんな話をしてるの？」

今日もまたセイラの口から出るのはハルトの話ばかり。

休み時間も昼休みもハルトの話ばかりされると、いい加減嫌気が差してくる。

「別に大した話はしてないよ？　どうして？」

「うん……。二人でいてもなかなか話が弾まなくて。私の話がつまらないんじゃないかって不安になっちゃって」

「そんなに焦る必要ないんじゃない？　まだ付き合い始めたばっかりだし」

「そうなのかなぁ？」

不安げなセイラの顔に若干の苛立ちを覚える。

そんなのあたしに相談されたって困る。

いちいち聞かないで、ちょっとは自分で考えたら？

初めての彼氏ができて浮かれるのはわかるけど、毎度その話をされるこっちの身にもなってよ。

心の中にモヤモヤが広がっていく。

「真子にも彼氏ができたらダブルデートできるのになぁ」

独り言のように呟いたセイラの言葉に喉元まで言葉が出かかる。

——ハァ？　バッカじゃないの！　そんなの嫌に決まってる。

グッと拳を握りしめる。

セイラって意外と肉食系だという蘭の言葉を思い出す。

さっきからあたし……セイラにバカにされてるのかな。

セイラはあたしがハルトを好きだって知っていたらしい。

それなのによくもこうやってあたしの前でハルトの話ばっかりできるよね？

もしこの言動がセイラの計算だとしたら、恐ろしいぐらいに腹黒い。

セイラに対しての憎しみが沸々と沸き上がる。


「ていうかさ、今さらなんだけどいつからハルトのこと好きになったの？」

そもそもセイラはいったいいつからハルトに惹かれていたんだろう。

「なんか照れ臭いなぁ」

「いいでしょ？　教えてよ」

イライラする。もったいぶってないでさっさと言ってよ。

「入学式の日……一目ぼれしちゃったの」

セイラは頬を真っ赤に染めてはにかむ。

「へぇ……一目ぼれ？」

「うん」

「そうだったんだ」

そんな前から好きだったんだ……。

全然気づかなかった。セイラがハルトをそんな目で見ていたなんて。

「いたたっ」

すると、突然セイラが頭を押さえた。

「どうしたの？」

「偏頭痛みたい。最近、頭が痛くなることが多くて。鎮痛剤を飲めばおさまるんだけどね」

セイラはバッグの中をガサゴソと漁る。

「あれっ、ないなぁ……」

困ったように呟きながら必死に薬を探すセイラ。

「ていうか、昨日鎮痛剤終わったって言ってなかった？」

「……そうだっけ？　全然覚えてないや」

困惑したように呟くセイラ。

「ちょっと、大丈夫〜？　昨日買いに行くって慌ててたのに」

「あははっ、最近物忘れが激しくて」

「ヤバすぎ！」

「だよねぇ」

セイラのあまりの天然に呆れる。

「あっ、てかこのあと移動教室じゃなかった？　早く行かないと間に合わないよね」

「そうだね」

すっかり忘れていたけど、物理室に集まるように言われていたんだ。

ハッとして教科書とノートを掴んで立ち上がる。

「薬は飲まなくて大丈夫？」

「うん。まだ我慢できるから」

「じゃあ、行こう！」

あたしたちは揃って教室をあとにした。

物理室は階段をおりた渡り廊下の先にある。

教科書をかかえたまま駆け足で階段をおりようとした時、ふと階段を上がってきた人影に気がついた。

「清水くん――!」

セイラのうれしそうな声がする。

あたしの視線はハルトに注がれていた。

そしてまた、ハルトの視線も自分に注がれているように思えた。

ほんの一瞬だったけど、確実に目が合った。

ダメだ。やっぱりあたし、ハルトが好き。

そう思った瞬間、ぐらりと体が揺れた。

慌てて駆けおりたせいで階段を踏み外してしまったようだ。

「――キャッ‼」

必死に体勢を立て直そうとする。

後方につんのめりそうになり、ギュッと目をつぶった瞬間、腕を掴まれて体を引っ張り上げられた。

「――真子‼」

「ハルト……」

「大丈夫か？　ケガしてないか?」

ハルトがいなかったら階段から転がり落ちていたかもしれない。

小さくうなずいたものの、急に怖くなって体が小刻みに震える。

「真子、大丈夫⁉」

後ろで見ていたセイラが心配そうにあたしの顔を覗き込む。

「……いっ！」

ケガなどしていないと思っていたのに、転びそうになった拍子に足をひねってしまったようだ。

ピリッとした鋭い痛みが足首に走る。

でも、ほんの少しの捻挫だ。歩けないほどではない。

「真子、足ケガしたんだろ？　神条、悪いけど物理室行ったら真子を保健室に連れていくって伝えて」

ハルトの言葉にセイラが「うん。わかった」とうなずく。

でも、その顔は真っ青であたしよりも動揺しているのが手に取るようにわかる。

「真子、乗って」

ハルトがあたしの足元にかがんで背中に乗るように促す。

本当はすぐに『大丈夫』と言うつもりだった。

だって足のケガなんて大したこともないし、湿布を貼ればすぐによくなる。

だけどこれはハルトと二人っきりになれるまたとない絶好のチャンスだ。

「でも……」

渋るあたしの背中を押したのはセイラだった。

「真子、早く清水くんに保健室に連れていってもらって？　先生には私がちゃんと伝えておくから。骨とかに異常があったら大変だよ！」

「セイラ……」

「ほら、真子。早く」

ハルトに再び促され、あたしは自分の体をハルトに預けた。

大きくて温かい背中。首筋にそっと顔を埋めてみると、ハルトの首筋から大好きな甘い香水の匂いがした。

「清水くん、真子のことお願いします！　私、先生に伝えてくるから！」

セイラが階段を駆けおりていく。

自分の彼氏が親友をおんぶしているのに、なんにも感じないの？

きっとセイラは何も感じていない。

あたしなど自分の脅威になるはずがないって心のどこかで過信しているんだろう。

あたしが逆の立場なら、絶対に嫉妬してヤキモチを焼いているに違いない。

またただ。またセイラと自分の差を痛感させられた。

悔しい。悔しくて仕方がない。

「ちゃんと掴まってろよ？」

ハルトの言葉に答えるように、あたしはギュッとハルトの首元に腕を回した。


「先生いないから、これぐらいしかできないけど」

「ありがとう、ハルト。助かったよ」

痛めた足首に湿布を貼ってもらうと痛みが和らいだ。

保健の先生も生徒もいないシーンッと静まり返った保健室に、あたしとハルトの声だけが響く。

「しばらくベッドで休んでたほうがいいな。神条も真子がケガしたって伝えてくれるって言ってたし」

「うん。ちょっとベッドまで肩貸してくれる？」

「あぁ」

ハルトがイスからあたしを立ち上がらせて腰を掴む。

あたしはハルトの肩に腕を回して足を引きずってベッドへ向かう。

腰を自分のほうに引き寄せるようにして歩くハルトに心臓が暴れ出す。

「ほっせーな。ちゃんと飯食ってんのか？」

「別に細くないよ。セイラよりも太ってるもん」

「なんでそこで神条が出てくんの？」

「だって――」

クリーム色のカーテンを開きベッドに腰かける。

あたしとハルトは向かい合う形になった。

「ハルトってさ……セイラのこと好きだったんだね……？」

「なんだよ、急に」

「だってさ……だって……」

ハルトは気まずそうに視線を足元に落とす。

「あたしね、ちょっと自意識過剰だったみたい。ハルトと女子の中では一番仲いいのって自分だって思ってたから」

困ったように笑う。

ハルトは何か言いたそうな訴えるような瞳をこちらに向けている。

最低だってわかってる。今、あたしがしている演技。

ハルトが自分を好きだったということを、うまく利用しようとしている自分は最低最悪だ。

でも、セイラだってそうでしょ？　あたしがハルトを好きだって知ってて奪ったんだから。

「セイラのこと、好きなら好きってあたしに教えてくれればよかったのに」

「は？」

「そうすればもっと早く協力してあげられたのに」

「なんだよ、それ」

ほんの少し苛立っているように見えるハルト。

あと少し。あと少しでハルトはあたしのものになる。

「……なんて言ってるくせに……あたし……本当は……」

言葉を詰まらせながら顔を歪める。

セイラからハルトと付き合ったという言葉を聞いた時のことを思い出すと、自然と涙が溢れた。

「本当は……すっごい後悔したの。どうして意地張ってあんなこと言っちゃったんだろうって……。本当は好きなのに……。なんで嫌いなんて言っちゃったのかな」

「真子……」

「こんなこと今さら言うのおかしいってわかってる。でもね、あたし……やっぱりハルトが好き。大好きなの……！」

ベッドに座ったまま顔を両手で覆って泣きじゃくる。

すると、あたしの隣にハルトが腰かけた。

そしておもむろにあたしの体を横からギュッと抱きしめた。

「だったらなんであの時……好きじゃないって言ったんだよ」

「あんな大勢の前で好きなんて言えるはずないよ……」

「真子……」

「ごめんね、困らせて。ただあたしはハルトに自分の気持ちを伝えたかっただけなの。だから、今までどおりセイラと付き合ってあげて。あたしとハルトはただの友達だよ」

ハルトの腕をわざと解いて涙を流しながら微笑む。

正直、自分自身に驚いていた。こんな演技ができるなんて思ってもみなかった。

隣でじっとあたしを見つめるハルトがごくりと唾を飲んだ時、確信を持った。

もうハルトはあたしのものになったのだと。

「無理だ。俺も真子が好きだから。神条と付き合って忘れようとしたけど……そんなの無理だ」

「ハルト……」

「友達になんてなれねぇよ」

ハルトと至近距離で目が合った。茶色くて澄んだ瞳があたしをとらえて離さない。

どちらからともなく唇を寄せ合う。そして、目をつぶり唇を重ねた。

お互いの気持ちを伝え合ったあとのそれはごく自然の成り行きだった。

友達として超えてはいけない一線を、あたしたちはあっという間に超えてしまった。

ダメだと思えば思うほど気持ちが盛り上がった。

ギュッとハルトの首筋に腕を回して自分の上半身をハルトに押しつけた。もうあたしから離れられないように。

「……ハルト……」

それに答えるようにハルトはあたしの腰に腕を回す。

目をつぶると、セイラの顔がまぶたによみがえった。

ごめんね……セイラ。ハルトはあたしのものになったの。セイラにはもう渡さないから。

思わず笑顔が漏れた。

セイラはあたしが持っていないたくさんのものを持っている。

だからいいよね？　一つぐらいあたしにくれたって。

ダメなんて言わせないから。そんなの欲張りすぎだもん。

罪悪感なんてこれっぽっちも沸いてこなかった。

「ハルト……、大好きだよ」

「俺も好きだ」

あたしたちは何度も唇を重ね合い、お互いの気持ちを確かめ合った。

優越

「セイラのポニーテール、可愛いね」

学校からの帰り道、隣を歩くセイラに微笑む。

「そう？　たまには気分転換でいいかなって」

「なんか別人みたい」

セイラはたまに髪型を変える。

少しの髪型の変化で大人っぽくなったり、可愛くなったりするセイラが羨ましい。

「そんなことより、真子、最近何かいいことあった？」

セイラはあたしの顔を覗き込みながら微笑んだ。

「なんで？」

「表情がすごく明るいから」

「そうかな～？　別に普通だよ！　そういえばさ、今度のクラス会、セイラ行く？」

昨日、中学が同じだった友達から連絡がきた。

土曜日の十三時からカラオケに行き、そのあと焼き肉に行くらしい。

当時の担任も参加する予定だと言っていた。

「クラス会……？」

セイラの顔から笑みがスーッと消え、表情を硬くする。

その反応って……まさか……。

「……聞いてなかった？」

「うん。誰からも連絡もらってなかったから」

「嘘、ごめんね！　あたしてっきり知ってるものだと思ってて。人数多いし、セイラに連絡し忘れたのかもね。あとで文句言っておくから！」

「クラス会はどこでやるの？」

「土曜日の十三時に駅前のカラオケ集合で、そのあと焼き肉行くんだって」

「そうなんだ。真子は行くの？」

「あたしは行かない予定」

今月分のお小遣いはもう使ってしまっていたし、正直行きたくても行けない状況だ。

「セイラはどうするの？」

「どうしようかな……。中学の友達には嫌われてるから……。日時を教えてくれなかったのも来ないでほしいってことだもんね」

「そんなことないよ」

「ううん、みんなそう思ってる。全部知ってるの。『人の男に手を出す最低女』って言われてたことも。男の子のほうから寄ってくるのにね」

一点を見つめたまま無表情でそう言ったセイラ。

「せ、セイラ……？」

いつもと雰囲気の違うセイラ。

「……昔から友達ってできたためしがないの。人見知りで口下手な自分が悪いってわかっててもちょっぴり悲しかった」

「うん……」

「でも、今は真子っていう親友ができたから幸せだよ。仲よくしてくれて本当にありがとう」

照れるわけでもなくそれが当たり前のようにハッキリとした口調で言うセイラの目を見れない。

セイラはあたしを親友って思ってくれているみたいだけど、あたしは親友であるセイラを裏切っている。

ハルトとセイラを天秤にかけたあたしはハルトを選んだ。

そして何より自分の幸せを一番に願い、叶えた。

「あっ」

すると突然、セイラが立ち止まってポケットの中からスマホを取り出した。

「メール？」

「うん。ハルトから」

セイラの顔が明るくなる。でも、あたしは知っていた。

このあとセイラの表情が曇るのを。

「ハルトなんだって？」

「来週遊ぶ約束してたんだけど、忙しくて無理みたい」

「そっか……。残念だったね」

ごめんね、セイラ。来週、あたしが遊ぶの。ハルトと。

あたかもセイラを心配するような表情を浮かべている自分に嫌気が差す。

でも、それ以上に背筋がゾクゾクする。

背徳感に快感を覚え始めていた。

親友のセイラを裏切り、その彼氏であるハルトと秘密でデートをする。

あたしはすべて知っているのに、セイラは何も知らない。

すべてはあたしの思うがまま。セイラはあたしの手のひらで転がされるだけ。

ふいに幼い頃から両親に刷り込まれていた言葉が脳裏をよぎる。

人を裏切ってはいけない。

人を傷つけてはいけない。

人のものを盗ってはいけない。

今までそんな両親の教えを守ってきたことをほんの少しだけ後悔した。よくよく考えてみればあたしは損ばかりしている人生だった。人の気持ちを考えることももちろん大切だ。でも、自分の気持ちが一番大切だ。

欲しいものがあれば手に入れたいと願うのが人間の性。

あたしはハルトが欲しかった。

そのために親友をも裏切り、蹴落としてハルトを奪い取ることに成功した。

残念だったね、セイラ。

もうハルトはセイラではなく、あたしの彼氏だから。

「やっぱりハルトくん……あたしと付き合ったこと後悔してるのかな……」

「そんなはずないよ‼　また遊ぶ約束すればいいじゃん！」

「うん……そうだね……」

「ほらほら、元気出して！」

セイラの肩をポンポンッと叩きながら微笑む。

「ありがとう、真子」

何も知らないセイラはほんの少しだけ目を潤ませてお礼を言った。

セイラはこのあと、どこかに寄っていこうと誘ってきたけれど断った。

だって今日は……。

「——もしもし？　ハルト？」

セイラと別れてすぐ、あたしは電話帳からハルトの名前を探し出してスマホを耳に当てた。

『真子、今どこ？』

大好きなハルトの低い声に胸がキュンッと高鳴る。

「これからハルトの家に向かうところ」

今日の放課後、あたしはハルトの家に行く約束をしていた。

『遅くね？　待ちくたびれたんだけど』

「ごめんね。急いで行くね」

『わかった。気をつけてこいよ』

「うん。ありがとう」

スマホをポケットにしまうとスキップ交じりに歩き出す。

気分がいい。自然と顔がニヤけてしまう。

気持ちが急《せ》くのを必死にこらえてハルトの家を目指した。

「……ハルト……」

こうなるのは自然の流れだった。

家族のいない家の中で惹かれ合う男女がベッドの上にいたら、することなんて一つしかない。

目が合い、どちらともなくキスをしてあたしたちはベッドに寝転んだ。

くすぐりっこのようなことをしてじゃれている時、ふと部屋の中の空気が一変した。

体を寄せ合い、キスをする。

ハルトがあたしの首筋に顔を埋めた時には、もうすべてが決まっていた。

経験のないあたしをハルトは自然にリードしてくれる。

ハルトに身を任せて、そっと目をつぶり感じたことのない感覚に酔いしれる。

幸せだった。これ以上ないほどの幸せをハルトはあたしに与え続ける。

ふいにセイラの笑顔がまぶたに浮かんだ。

その顔を思い浮かべると、気持ちがさらに高ぶった。

今までセイラに勝てたためしはなかった。

容姿だって家庭環境だって。

いつもセイラに対して敗北感を抱いていた。

でも、今は違う。あたしが勝者だ。

もう劣等感なんて感じる必要はない。

「ハルト……あたしのこと……好き？」

「好きだよ。真子が……好きだ……」

うれしい。きつく閉じたまぶたから一筋の涙が流れる。

ハルトの言葉は、あたしに最上級の幸せを与えてくれる。

ベッドの上で抱き合いながら、あたしは幸せを噛みしめた。


「神条に言わないと」

脱いだ制服を拾い集めて袖を通していると、ハルトが決心したように呟いた。

「真子だってこのままでいいって思ってないだろ？　神条に告られて安易な気持ちで返事したこと……今すげぇ後悔してる」

「ハルトはさ……どうしてセイラの告白を受けようって思ったの？」

「正直、真子が自分のこと好きじゃないって知って自暴自棄っぽくなってた。そんな時に神条から告られてさ。神条がいい奴だって知ってたし、付き合ってみたら好きになれるかもしれないって思った」

「そうだったんだ……」

「だけど間違ってたんだよな。神条と付き合ってからも俺は真子以外に考えられなかった」

「ハルト……」

ハルトがそんなにもあたしを思ってくれていたなんて。

それだけじゃない。セイラの大好きな人であるハルトはあたしをこんなにも大好きなんだ。

あまりの喜びに胸が震える。優越感が波のように押し寄せる。

こんな気持ち初めてだ。

でも。まだだ。まだ全然足りない。

この気持ちをしばらく味わっていたい。

そのためには、この三角関係を続けていく必要がある。

「明日、別れようって神条に伝えるから」

ハルトの言葉に慌てて首を横に振る。

「ダメだよ。まだ伝えちゃダメ」

「なんで？　早く言わないと神条にだって悪いだろ？」

「突然なんの前触れもなく別れようなんて言ったら、セイラがショックを受けるに決まってる。セイラは繊細な子だもん。だから、少しずつそういう兆候を見せていったほうがいいよ」

「兆候……？」

「そう。他の人が好きなのかもしれないって思わせるの」

「でも……」

「セイラはあたしの大切な親友だよ？　できるだけ傷つけたくないの。時間がかかってでも、きれいに別れてほしい。それに、そうしないとあたしとハルトが付き合えないでしょ？」

「真子は優しいな……？　わかった……。真子の言うとおりにする」

「ありがとう、ハルト」

これでいい。しばらくはこの背徳感に浸っていられる。

あたしはハルトの腕にギュッとしがみつき、クスッと笑った。


ハルトは、あたしの言ったとおりに動いてくれた。

教室内ではできるだけセイラを避け、遊びに誘われても断り続けている。

セイラは日に日に元気を失っていき、暗い表情でいることが増えた。

精神的なストレスが原因なのかもしれない。

夜、寝つきが悪くなったらしい。

悪い夢を頻繁に見るようになり、寝不足がたたって昼間も頭痛がすると、たびたび口にした。

鎮痛剤を飲む回数も増えているようだ。

放課後一緒にいてもスマホばかり気にしている。

ハルトからの連絡を待っているのは一目瞭然だった。

「清水くん……全然連絡くれなくなっちゃった」

休み時間、あたしの席にやってきたセイラは盛大なため息をついた。

「そうなの……？」

「うん。私ね、この間意を決して『ハルトくん』って呼んでみたの。だけど、清水くんなんの反応も示さなかったの。それどころか……少し顔を強張《こわば》らせてた」

「顔を強張らせるって、まさかそんな」

呆れたように笑いながら否定する。

全部想定範囲内だ。

あたしと関係を持ったハルトはセイラに対して罪悪感を抱いているのは間違いなかった。

中学時代、彼女に浮気をされて苦しんだハルトはセイラを昔の自分に重ね合わせているに違いない。

バレて傷つけてしまう前に一刻も早くセイラに別れを告げたいと思っているハルト

は違う意味でセイラを傷つけてしまっていることに気がついていない。

「清水くん……他に好きな人がいるのかな……」

ポツリと呟いたセイラの目から一筋の涙が零れた。

透明であまりにもきれいなその涙。もしあたしが今泣いたらどんな色の涙が流れるんだろう。

「セイラ……泣かないでよ……？　ねっ？」

「ごめんね、真子。私……苦しいの……私、どうしたらいいんだろう……」

セイラの精神状態は極限に達しているようだった。

セイラも苦しいんだね。でも、あたしだって一緒。

ハルトをセイラに取られて苦しい思いをしたんだから。

セイラだってあたしを傷つけたでしょ？

だけど、心配しないでよ、セイラ。

もうすぐハルトがセイラに別れを告げるはずだから。

そうすればもう楽になれるよ。

だから、それまでもう少しだけ我慢してね。

あたしは、うつむいて泣くセイラの背中をさすって励ます。

視線をスライドさせると、黒板の前にいたハルトと目が合った。

ほんの少しだけ微笑むと、ハルトは小さくうなずいて照れたように顔を背ける。
ハルトってば照れちゃって可愛い。
ほんの一瞬の間に、あたしとハルトの心が通じ合った気がする。
ああ、やっぱり気持ちいい。
自分でもどうしてこんな気持ちになるのかわからない。
でも、一つだけ確かなことがある。
セイラが泣いている姿を見ると、心がスカッと晴れる。
「大丈夫、大丈夫だから」
セイラを励ましている自分に酔うと同時に、ものすごい爽快感が全身を駆け巡った。

勝者

「明日、神条に別れようって言うから」

ハルトの部屋のベッドの上であたしのことを抱きしめたハルトは、意を決したようにそう告げた。

「そうだね。そろそろ……伝えたほうがいいかもしれないね」

ハルトとセイラは同じ教室内にいるのに、目すら合わせなくなった。

といっても、ハルトがセイラを避けているだけ。

セイラはどうにかしてハルトとの距離を詰めようと頑張っていたものの、なんの変化もなかった。

頑張っても頑張っても報われない惨めな姿のセイラを見て同情よりも喜びが勝った。

どう？　今まで生きてきた中で初めてでしょう？

こんなに自分を惨めに思うのは。

でもね、これで終わりだなんて思わないで。

今度はあたしがセイラに味わわせてあげる。

好きな人を親友に奪略されたという絶望を。

あたしがセイラにされたことを、やり返してやる。

ベッドの枕元でハルトのスマホが震えている。

「電話？」

「あぁ。神条だ」

「――ダメ！」

スマホに手を伸ばしたハルトを制止する。

「ねぇ、ハルト。ずっとあたしのことだけを見ていてね？」

上目づかいでハルトを見上げるあたしの頭をポンポンッと叩くハルト。

「当たり前だろ」

ハルトがそう答えた時、枕元のスマホの振動がピタリと止まった。

スマホを耳に当ててハルトが出るのを今か今かと待っているセイラの姿を想像すると顔がにやけてしまいそうだった。


この日は、雲一つない晴天だった。

太陽の眩しい光が降り注ぐ教室の中で小刻みに唇を震わせるセイラ。

そのあまりの美しさに目を奪われる。

天国にいる天使はきっとセイラのような容姿をしているに違いない。

バカみたいなその想像はセイラの言葉によってかき消される。

「やっぱりフラれちゃった」

必死に涙をこらえて微笑むセイラ。

「そっか……」

「清水くんね、好きな人がいるんだって」

「うん……」

ハルトの好きな人。それはあたしだ。

「しょうがないの。告白した時にもね、清水くんには好きな人がいるんじゃないかなってなんとなくわかってて。それでもいいと思ったし、付き合ってから私のことを知ってもらいたいって無理を言って付き合ってもらったの」

「そうなの？」

「うん……。私、清水くんのことが大好きだったから。だから、ほんの少しの間だったかもしれないけど清水くんの彼女になれて幸せだった」

セイラの言葉は嘘や偽りなど一切ないように思えた。

一方的にフラれたのにハルトを責めたりすることもない。

少しの間でもハルトの彼女になれたことを心の底から喜んでいるようにも思える。

「セイラって……すごいポジティブなんだね？」

「そう……？」

「うん。だってさ、あたしがセイラだったらハルトのこと許せないかなって……」

「どうして？」

不思議そうに問いかけてくるセイラ。

「ハルトに好きな人がいようがいまいが、告白をＯＫしたのには変わりないんだから。映画のあと帰っちゃったり、週末に遊びに誘っても断ったり……。そういうのってひどくない？　一応セイラの彼氏じゃん？」

あたしがセイラの立場だったら、セイラに愚痴の一つや二つこぼさずにはいられなかっただろう。

でも、セイラは違った。

「ううん。清水くんのことそんなふうに思わないよ。今までもこれからもずっと」

「へぇ……」

「真子にはいろいろ相談に乗ってもらったり協力してもらったのに本当にごめんね」

セイラの予想外の反応にうろたえる。

『私、別れたくないよ！』と涙をボロボロと流して泣くと思っていたのに、セイラの反応は意外にもあっけないものだった。

それどころかどこかすっきりした表情にも見える。

なんだろう、この気持ち。

イライラとともに真っ黒な感情が頭を覗かせる。

どこまでも純白なセイラを汚してやりたい。

そんな衝動に駆られる。

「あのさ、あたしセイラに話さなくちゃいけないことがあるんだよね」

「うん？　なぁに？」

大きな瞳をさらに大きくして首を傾げるセイラ。

ねぇ、セイラ。あたしの話を聞いて、いつまで純白でいられる……？

覚悟を決めた。

「言おうか迷ったんだけど……やっぱりセイラには隠しておけないと思って」

「うん」

「あたしね、告られたの。……ハルトに」

こんなことを今、言うつもりなんてなかった。

でも、言わずにはいられなくて。

「清水くんが真子に……告白？」

唖然としたようにポカーンッと口を開けているセイラを見て心の中で大笑いする。

どう？　どんな気分？

ハルトに対して怒りを感じるでしょう？

だってセイラと付き合っていながら、ハルトの心はあたしにあった。

しかも、まだ付き合っているのにあたしに告ってたんだよ？

事実は少し違うし、話を脚色しているけどそんなの言わなきゃバレっこない。

あたしが保健室でハルトに気持ちを告げたの。それをきっかけにあたしとハルトは正式に結ばれたんだけどね。

「黙っててごめん……。でも、言ったらセイラが傷つくと思って」

唇をキュッと噛みしめて辛そうな表情を浮かべるあたしに、セイラはブンブンッと首を横に振った。

「そんな！　真子が謝ることじゃないよ‼　そっか。そうだったんだね」

「え……？」

セイラはなぜか納得したような意外な反応を見せる。

「だって、誰かを好きになる気持ちって理屈じゃないから。清水くん……いつから真子のこと好きだったんだろう。私と付き合ってる時からかな……それともその前からだったら……そうだとしたら私、清水くんに辛い思いさせちゃったよね」

「なんでセイラがハルトを気づかってるの？　おかしくない？」

告白して無理にOKをもらって付き合い始めたという二人。

でも、ハルトはその間もセイラの親友であるあたしが好きだった。

付き合っている間、彼女の親友が好きだという気持ちをかかえていたハルトの心情なんて考える必要ある？

そもそも、ハルトがセイラとなんて付き合わなければよかったんだ。

好きじゃないのにセイラと付き合う必要なんてなかった。

よく考えたら、ハルトを好きじゃないと言ったあたしへの当てつけだし。

ダメだ。イライラが止まらない。

セイラだけではなくハルトにまで怒りが沸き上がってきた。

「そうかな……？　でも、好きな人には幸せになってほしいから。私じゃない誰かだとしても、彼を幸せにしてくれるならそれでもいい」

ハァ……？　思わず苛立つ。

なに言ってんの？

誰かを好きになるのは理屈じゃない？

好きな人には幸せになってほしい？

ありえない！

あたしなら逆。

そんな仕打ちされたら、絶対に幸せになってほしいなんて思わない。

むしろ、地獄に落ちてしまえと願う。

不幸のどん底まで落ちろ。

そして、あたしを振ったことを一生後悔させてやるとすら思う。

世間一般的に考えたら、あたしの意見のほうが多いはず。

セイラみたいなきれい事を言うのは偽善者だ。

そんなきれい事ですまそうって言うの？

お嬢様でお金持ちのセイラはきっと経験したことがないんだ。

人の悪意を。誰しもが持っている真っ黒くてドロドロで嫌な人間の部分をセイラは何も知らない。

それが許せなかった。

いつも高みの見物のように涼しい顔をしているセイラが。

白を黒に変えるなんてたやすいこと。

いや、グレーでもいい。

白い絵の具に一滴の黒い絵の具をたらして混ぜたら、たちまちグレーに変わる。

グレーになってしまった絵の具を白に戻すのは大変だ。

セイラに思い知らせてやる。

そんな思いが体中を支配する。

「それで、清水くんに返事はしたの？」

「ううん、まだ。でもさ……セイラの気持ちを考えると……やっぱり……」

「私のことなら気にしないで？　真子も清水くんのこと気になってるんじゃないの？」

困ったように顔を歪めると、セイラはにっこりと笑った。

「……うん」

セイラの目を見つめながらうなずく。

自分の親友に大好きな彼氏を取られる気持ちはどう？

ね、すごく嫌でしょう？

あたしは……嫌だった。

セイラがハルトと付き合い始めたと聞いたあの日、嫌で嫌でたまらなかった。

「そっか。真子と清水くん、すごくお似合いだと思う。私、全力で二人を応援するからね！　真子、本当におめでとう！」

自分がハルトと付き合ったと話した日よりもうれしそうに祝福してくれるセイラ。

さっきまでハルトと別れたと泣きそうな顔をしていたのに、今度は自分のことのように幸せそうな笑みを浮かべている。

何よ。なんなのよ。どうしてそうなの？

あたしはセイラに『おめでとう』って言ってあげることができなかったのに。

それなのにどうしてあたしには『おめでとう』と言うの。

どうして。どうして。どうして。

セイラに笑顔を向けられると惨めな気持ちになる。

ハルトと付き合うことであたしはセイラに勝ったと思ったのに。

それなのに、どうしてこんな気持ちになるの……？

どうしてそんなに余裕なの？　あたしはグッと拳を握りしめて感情を堪えた。


「──ハルト、今日一緒に帰ろうよ～？」

休み時間になり、鼻歌交じりにハルトの席に向かい声をかける。

「おぉ。うちくる？」

「うーん、最近出かけてないし今日はカラオケでも行かない？」

「今日？　来週にしようぜ？」

あたしとハルトが正式に付き合い始めてから一か月がたった。

セイラと別れたあとすぐに付き合い始めたあたしとハルトにクラス中が驚いていた。

もちろん、セイラに同情的な声も上がっていたのは知っているけど、そもそも元々仲のよかったあたしとハルトが付き合うのは当然の流れで、時間の経過とともにクラス公認のカップルになった。

「わかった～。じゃあ、あとでね」

そう返事はしたけど、来週になったらまた『来週にしよう』って引き延ばすんでしょ？

なんとなくイラッとして、ハルトに手を振り自分の席に戻る。

最近はほぼ毎日一緒に下校し、そのままハルトの家に行くのが日課になっていた。

アウトドア派だと思っていたハルトがじつはインドア派だというのも付き合ってから知った。

家ばっかりっていうのも飽きるし、たまにはどこかへ出かけたい。

ハルトに対してちょっぴり不満が出てきた。

でも他人同士が付き合うんだし、多少の価値観の違いは仕方がないか。

その時、廊下でキャーッという悲鳴にも似た声がした。

声の方向に視線を移してハッとする。

「怜音《れおん》先輩だ……」

あたしたちのいる教室の扉から顔を出して誰かを探している様子の先輩。

涼川《すずかわ》怜音。

この学校で先輩のことを知らない人なんてきっと一人もいない。

遠目からでも感じる眩しいほどのオーラ。

一〇〇人に聞いたら一〇〇人がカッコいいと答えるほどのイケメン。

入学式の日には同級生だけでなく上級生が先輩の教室を覗き込んだことで扉が外れ、数人のケガ人が出たらしい。

校内が大パニックに陥ったのはあとにも先にもその一回だけだったらしい。

でも、そんな先輩がいったい……なんの用……？

「――神条さん、ちょっといい？」

先輩の視線の先にいたのはセイラだった。

「えっ……？　私、ですか……？」

「ちょっと付き合って」

「はい……」

教室中だけでなく、そばにいるすべての生徒の視線がセイラに注がれる。

注目されることが多いのにそれに慣れていないセイラは困ったようにうつむきながら席から立ち上がると、先輩の元へ歩み寄った。

「あの……」

「ここじゃあれだから、ついてきて？」

先輩の言葉に小さくうなずくセイラ。

二人のやりとりを見つめていたまわりの生徒たちから悲鳴とも歓声ともとれる声が上がる。

「先輩、告るっぽくない⁉」

「怜音先輩と神条さんって滅茶苦茶お似合いじゃない？　超ビッグカップルじゃん‼」

教室中が大騒ぎになる。

そんな騒ぎにあたしの心臓は不快な音を立てていた。

怜音先輩が……セイラのことが好き……？

告白……？

なんでよ。なんでなのよ……。

悔しさにグッと拳を握りしめる。

セイラからハルトを奪って優越感に浸っていられたのは、ほんの一瞬だったっていうの……？

セイラが怜音先輩と付き合ったら、あたしに勝ち目はない。

「――ちょっと～、真子ってば顔怖すぎ～！」

あたしの前の席に座った蘭が茶化すように言った。

「なになに？　セイラが怜音先輩と付き合うかもって焦ってんの〜？」

「なんであたしが焦る必要があるのよ」

「だって、怜音先輩って校内で一番イケメンじゃん？　あっ、もちろんアンタの彼氏のハルトくんもイケメンだとは思うけど一番かって聞かれたら……ねぇ？」

「何が言いたいの？」

自分の彼氏を、けなされているようでムッとして蘭を睨む。

「別に〜！　ただ、なんか最近真子ってば元気ないなぁ〜って。ぶっちゃけさ、入学した時ぐらいからハルトくんのこと好きだったんでしょ〜？　ずっと想ってた人と付き合ったわりにはなんか……ねぇ？」

「そんなふうに見える……？」

「見える見える。なんで？」

蘭の言葉に視線を左右に泳がせた。

蘭の言葉は図星だった。

セイラとハルトが付き合っている時が一番楽しかった。

セイラにバレないようにハルトと密会するのも、連絡を取り合うのも、そのスリルと背徳感がたまらなくて。

でも二人が別れて、あたしたちが正式に付き合いだしたあと、心の中に小さな穴が開いてしまったかのようだった。
ハルトが自分の彼氏になったのはうれしかったし、幸せだったように思う。
だけど何かが違った。
「大丈夫。あたしとハルトはラブラブだから」
笑って誤魔化したはずなのに目の下が引きつる。
頭の中に浮かぶのは、セイラと怜音先輩のこと。
あの二人がもし付き合うことになったら……？
そう考えるといてもたってもいられない気持ちになる。
でも呼び出されたからって告白されると決まったわけではない。
大丈夫。大丈夫だから。
必死になって自分を励ます。
「ていうかさ、ハルトお前、超もったいないことしたよなぁ～？」
ハルトの席のまわりをクラスの男子が取り囲む。
「何がだよ？」
ハルトはほんの少しだけ不快そうな表情を浮かべた。
「お前、神条とちょっとの間付き合ってたじゃん？　振ったのってお前なんだろ～？
信じらんねぇよ！」

「もったいないよな？　俺なら絶対に別れないけど」

ハァ？　なに言ってんの？

勝手なことを言うクラスの男子に怒りが募る。

「何あれ。今カノが近くにいるのに、アイツらマジで最悪だわ～」

蘭の耳にも届いたのか顔を歪める。

「怜音先輩と神条が付き合ったら、ハルト絶対後悔するって！」

「だよなぁ～！　逃がした魚は大きかったな～」

まわりに煽られているハルトの顔が曇る。

「俺は別に……」

「いやいや、もったいないって～～。しかも、そのあと付き合ったのが神条の親友の池田だし。池田のどこがそんなによかったわけ？」

デリカシーがなさすぎる男子の発言に耐えきれずに何か文句を言おうとした時。

「めんどくせぇな。そんなの別になんだっていいだろ。気分悪い」

ハルトがバンッと机を叩いてイスから立ち上がった。

そして、そのまま教室を出ていってしまった。

「おいおい、お前ハルトのこと怒らせんなよ～！」

「いやいや～、もしかしたら神条が告られてんのか気になって見に行ったんじゃね〜？」

「おい、お前、池田に聞こえんぞ？」

ギャハハと大声で笑う男子の集団には呆れてものも言えない。

バッカじゃないの？　女にもモテないしセイラにも相手にされないからってハルトのことひがんでからかうなんて。

「アイツら、マジで最悪だし。でも、よかったね真子。ハルトくんが怒ってくれて」

「え？」

「だって気分悪いって言って出てったじゃん？　あれってさぁ、彼女である真子のことあれこれ言われて怒ったからじゃん？　アンタ、愛されてるね〜！」

蘭が冷やかすような声を上げる。

へぇ……蘭はそう感じたんだ。

あたしはそうは思えなくて。

ハルトはあたしの話をされて不快に思ったんじゃない気がする。

セイラのことをもったいないとか逃がした魚は大きかったと言われたから……。

失ってからその大切さに気づいてしまったとしたら……？

って、まさかね。ハルトに限ってそんなことありえない。

付き合い始めてからも、ハルトはあたし一筋で一度だってそんな素振りを見せたことがないし。

「ふふっ、まぁね～！　てか蘭は好きな人とかいないわけ？」

「あたし～？　いるにはいるけど、ずーっと片思いだし」

「え～？　そうなの？　どんな人なの？」

蘭と深い話をしたことがなかったあたしはそれからしばらくの間、恋バナに花を咲かせた。

クラスの中心人物で誰とでも気兼ねなく話せて顔の広い蘭との会話は新鮮で楽しかった。

セイラとはできないバカ話もしたし、セイラでは困ったように顔を引きつらせてしまう下ネタも蘭となら話せた。

その時、休み時間の終わりを告げるチャイムが教室中に鳴り響いた。

「てかさ、今度真子が暇な日一緒に遊ぼうよ！　あっ……もちろん、セイラも一緒でいいからさっ！」

セイラも一緒に……？

蘭が気をつかってそう言ってくれていることはわかっているけど、心の中で天使と悪魔がケンカをする。

結局、悪魔が勝った。

「あたしは蘭と二人がいいかも。ダメ……?」

たまにはいいよね。

セイラ以外の子と二人で遊んだって。

「いやいや、真子がいいならあたし的にもそっちのほうがいいんだけど」

蘭の言葉と同時にセイラが教室に戻ってきた。

その顔はどこか緊張しているものの、頬はピンク色に染まっている。

やっぱり告白されたんだ。

瞬時に悟った瞬間、頭の中がカーッと熱を帯びた。

「二人で遊ぼう。セイラ抜きで」

そう言ったあたしの声は自分では聞いたことがないぐらい固く冷たかった。

感傷

怜音先輩がセイラに告白をしたという噂は瞬く間に校内を駆け巡った。

二人が結ばれれば校内きっての美男美女カップルが誕生するということもあり、クラスでもその話で持ちきりだった。

「神条さん、怜音先輩に返事したの？」

「え……？　ううん、まだだよ」

「えーーー？　どうして？　考えるまでもないでしょ～？」

「でも、私先輩のことあまりよく知らないから……」

「そんなの付き合ってから知っていけばいいじゃん！　先輩の気が変わらないうちにちゃんと返事しなよ～？」

部外者であり普段はセイラに声なんてかけないはずのクラスメイトたちがセイラの机を取り囲み、自分が怜音先輩に告白されたかのように盛り上がっている。

バカみたい、と心の中で悪態をつく。

こないだまであたしとハルトが付き合ったという話題で盛り上がっていたくせに。

情けない。

自分に恋人ができないからって人の恋に首を突っ込みたくなるんだ。

「みんなすごい変わり身の早さだよね〜。こないだは真子とハルトくんの話で持ちっきりだったのにさ」

あたしの席にやってきた蘭が呆れたように呟く。

「だよね」

蘭もまったく同じことを思っていたなんて。

やっぱり蘭とは気が合うようだ。

「てかさ〜、セイラもセイラだよねぇ。なんかあの子って鼻につくの。真子もよくあの子と親友やってられるよね？」

蘭の言葉にセイラを見る。

まわりをクラスメイトに囲まれて困っている表情を浮かべながらも笑顔のセイラ。

なんだろう、この気持ち。

胸の中がザワザワとうるさくなる。

「ぶっちゃけさ、真子もムカつくでしょ？　セイラのこと。純粋そうな顔してやってること真っ黒じゃん？　怜音先輩のこと聞かれてああやって困ったようにしてても絶対に付き合うんだから」

そうだよね……。

セイラは……あたしとハルトが両思いなのを知っててハルトに告白したんだもん。

抜け駆けしたんだもん。

先に裏切ったのはセイラだもん。

「……つく」

「えっ？　何？　聞こえなかった」

耳の後ろに手を当てて首を傾げる蘭。

あたしはセイラをまっすぐ見つめながらハッキリと言った。

「ムカつくに決まってんじゃん」

「真子……」

「だってさ、セイラ……あたしとハルトが両思いなの知ってて告白したんだよ？」

「そうだよ。あの子って意外と腹黒いし」

「でしょ？　それにさ、あたしが初めてハルトにデートに誘われた日にも一緒についてきたんだよ？　ありえなくない⁉　普通遠慮するでしょ？」

「マジで〜？　何それ。ちょっと詳しく聞かせてよ」

積もりに積もった不満は次から次に口から溢れ出す。

もう止められなかった。

今までの不平不満を吐き出せば吐き出すほどに気持ちがスーッと軽くなる。

「マジで？　ありえない！　セイラって最低じゃん！」

蘭があたしの気持ちを代弁してくれるたびに心が震える。

ああ、あたし……こんなにもストレスを感じていたんだ。

セイラと一緒にいることが中学の時からずっと当たり前だったけど……その当たり前をそろそろ壊してもいいのかもしれない。

「なんか話聞けば聞くほどセイラって嫌な女だね。天然ぶってるのも計算かもよ？　それに、どこに行ってもいつもセイラにお金出してもらってるんでしょ～？　それってセイラに飼われてるみたいじゃん」

蘭の言葉に頬がぴくりと動いた。

「飼われてるってどういう意味？」

「なんか二人って対等じゃなくて、目に見えない主従関係があるように思えるんだよね。セイラってお金持ちじゃん？　だから、お金を出して真子を支配しようとしてる感じ」

従わせているのはセイラで、従うのはあたし。

「それに、セイラ前に言ってたよ。真子の家は経済的に大変そうだからって。だから、セイラが気をつかって真子にお金出してくれてんのかもしれないけど、それって結構屈辱的だよね～？」

「セイラがそんなこと言ってたの……？」

「そうそう。なんかその話してる時のセイラの顔ちょっと嫌な感じだったの。なんていうの、ほらっ、なんか人を見下したような感じで笑いながら話してて。うちもお金持ちじゃないし真子の気持ちわかるから余計ムカついたんだよね。金持ちっていったってさ、それって親のお金じゃん？　それなのに偉そうにしててムカついてさ」

「……何それ！　マジで？　超ムカつくんだけど」

蘭の言葉に動揺しているのを悟られないように必死に平静を装う。

「真子、いろいろ大変だったんだね。お節介かもしれないけど、セイラとちょっと距離置いたほうがいいんじゃない？」

表立ってセイラがあたしのことを見下したことは一度もなかった。でも、本当は心の中であたしを見下していたということがこれでハッキリした。

蘭に言われたことも当たっている。

今まで気づいていたのに気づかないように目を背けていたことを、突きつけられた気分だ。

あたしはセイラというご主人様に従う犬だ。高級な食べ物を買い与えてもらいカフェや遊び場にしっぽを振って喜んでついていく。

あたしはどこまでも惨めで哀れな存在だと思い知らされた。

バカにされていたんだ。セイラに。ずっとさげすまれていた。

手のひらの上で転がしていると思っていたのに、逆にあたしがセイラの手のひらの上で踊らされていたのかもしれない。

「うん……そうする」

最後まで話を聞いてくれた蘭の気づかいが温かく染み渡ったと同時にセイラに対しての怒りの感情が沸々と沸き上がってきた。


この日、お昼前に突然生理になってしまった。

それを理由に早退したせいか、セイラとはほとんど口を聞かずにすんだ。

ズキズキ痛む腹部を押さえながら帰路につく。

サボりではないけれど、昼間に一人で外を歩くのはどこか悪いことをしているような気がしてくるから不思議だ。

自宅のある公営アパートの扉を開けた時、ふと違和感を覚えた。

中から声がする。

この時間は父は仕事、母も仕事、弟たちは保育園へ行っているはずだ。

物音を立てないように扉を後ろ手に閉めて中へ入りリビングへ向かう。

「真子の学費はどうする？」

「保育園だってそうよ……？」

「くそっ。こんな時期に困ったなぁ……」

声の主は両親だった。

「――ただいま」

リビングに足を踏み入れると、両親は揃って驚きビクリと肩を震わせた。

「――ま、真子⁉　お前、学校はどうしたんだ⁉」

嘘をつくのが大の苦手な父が顔を引きつらせてすっとんきょうな声を上げる。

「お腹痛かったから早退したの」

「そ、そうなのね！　もう！　急に帰ってくるからビックリしちゃったじゃない！」

母の顔も引きつっている。

「ねぇ、今日平日だよ？　二人とも仕事はどうしちゃったの？」

目を細めて尋ねた時、弟たちがシールを貼りつけたテーブルの上にある書類や雑誌に目が行った。

「何、それ」

公共職業安定所と書かれた複数枚の紙。

飲食店やスーパーで見かける就職情報誌。

普段なら仕事に行っているであろうこの時間に、夫婦揃ってリビングにいた理由をすぐに悟った。

「もしかして……仕事……なくなっちゃったの？」

言葉にすると急にそれが現実味を帯びてきた。

「こんなところ見られたら隠しておけないな」

「……そうね」

両親は目を見合わせると、あたしを見つめて大きくうなずいた。

「いつからなの……？」

じわりと背中に嫌な汗をかく。

「お父さんは先月で派遣先との契約が終わってね……。そこから新しい仕事がもらえてないのよ」

「先月から……？　そっか。でもお母さんのパートでなんとか……」

「お母さんも……先月でパートを辞めなくちゃいけなくなってね」

「な、なんで⁉」

「パート先のスーパーが違う店舗と合併することになって。今のお店は潰して、隣町に新しいスーパーを建てることになったのよ。お母さん、車の免許がないでしょ？　自転車で通える範囲のところじゃないとダメだから」

「そんな……うち……お金大丈夫なの？」

声が震える。

両親ともに職を失ったって……きっとあたしが考えているよりもはるかに大変な事態だ。

そもそもうちは子だくさんで家計も火の車だった。

今ですら毎月のやりくりに母は四苦八苦しているのにこれから先どうするの……？

「ごめんなぁ、真子。いらん心配かけて。でもお父さんもお母さんも頑張るから。ちゃんと仕事も見つけて子供たちには絶対に迷惑をかけないようにする。それだけは約束する」

「えぇ。お母さんもまたバリバリ働くから心配しないで？　ねっ？」

両親が空元気なのはわかっていた。

昔からそうだ。

何か問題が起こっても両親は必死になりどうにか自分たちだけで解決してきた。

うちは裕福ではないと承知しているけれど、わびしい思いをしたことは一度もない。

母は家にいる間、常にあっちへ行ったりこっちへ行ったり動き回っているせいか、七人家族にしては家の中はきちんと整理整頓されている。

毎食節約しながらも、栄養バランスを考えた献立を立てておいしいご飯を作ってくれる。

父はそんな母に負けじと、あたしや弟の面倒を見てくれた。

あたしは右手をそっと差し出した。

「その情報誌見せて？　あたし……バイトするから。そうすれば少しでも家計の足しになるでしょ？」

生理痛なんていつしか感じなくなっていた。

手を伸ばして催促すると、両親は首を横に振った。

「そんなふうに真子に心配をかけるのが嫌で、お父さんもお母さんも言わなかったんだよ。その気持ちを汲《く》んでくれよ」

父の言葉に胸に痛む。

「そんなことより、もう部屋に入って寝なさい？　お腹痛いんでしょう？」

母があたしの手を引き、部屋に行き布団を敷いてくれた。

「ゆっくりおやすみ」

布団をかけポンポンッと頭を撫でられた時、母の手のひらのぬくもりになぜか涙が出そうになった。

数週間がたってからも両親ともに仕事は見つからず、状況は変わらないままだった。

むしろ少しずつ悪い方向へ向かっている気さえする。

一定期間仕事をして就労時間の最低基準を満たしていないと、弟たちは強制的に保育園を退園させられることになる。

そうなれば、両親はますます仕事を探しにくくなる。

時間があればあたしも家の手伝いをしたり、弟たちの面倒を見たり協力していた。

でも、学生であるあたしには限界がある。

放課後、友達に誘われても遊びにいくお金も時間も余裕もない。

ハルトにも家庭の話なんてして心配をかけたくないから、あれこれ理由をつけて誘いを断っている。

どうしてあたしだけこんな目に――。

どうしてこんなにもうまくいかないんだろう。

学校にいても勉強どころではなく、家にあるお米の心配をしてしまう。

今週中は持つかもしれないけれど、来週は厳しい。

うちの貯金って……あとどれくらいあるんだろう……？

「真子」

ポンッと肩を叩かれてハッと顔を持ち上げる。

「お昼食べに行こうよ？」

「あっ……もう昼か……」

セイラに言われるまで気づかなかった。

「なんか最近、ぼーっとしてること多いよね？　何か悩み事でもあるの？　私でよければ相談に乗るよ？」

「別に……なんでもないから」

セイラに話したところで状況は変わらない。

むしろ、お金で困ったことのないセイラなんかに、あたしの苦しみなんてわかるわけもないし。

それを知られて同情されるのだけはまっぴらごめんだ。

いや、それだけじゃない。それを知って心の中であたしのことをあざ笑うんだろう。

「そっか……。あっ、今日ってお弁当？　私、パンを買ってきたからたまには屋上で食べない？」

「うん……。いいよ」

あたしは小さくうなずくと、お弁当の袋を胸に抱きかかえて歩き出した。

「わぁ～、雲一つない晴天ってこういうことをいうんだねぇ！」

眩しそうに目を細めるセイラの横顔を見つめる。

「きれいだね。すごい真っ青！」

今日初めて空を見たみたいな反応をするセイラからそっと視線を外す。

どうしてだろう。空を見たってなんの感想も出てこない。

天気がよければ空は青いし、悪ければ灰色になる。

いちいちそんなこと気にして生活なんてしていない。

そんなことを考える心の余裕もない。

なんだろう、この差は。

どうやったって埋められないセイラとの差に苦しくなる。

「そのパン、駅前のお店の？」

「うん。あそこって朝食用にって朝の七時からやってるから助かるの。すごくおいしいよね？」

当たり前のように言うセイラ。

あそこのパンって小さいのでも一コ三〇〇円もするんだよ？

うちは六人家族だし。

一人一コだとしても一八〇〇円もかかる。

あたしや両親は一コじゃ足りないし。そんな余裕ないし。

それを食べたことがあって当たり前みたいな言い方しないでよ。

親がお金持ちだから……お金の苦労なんてしたことがないくせに。

「あたしは一度も食べたことないよ。もちろん、うちの家族も全員」

「あっ、そっか。真子はご飯派だもんね。真子のお母さんはいいなぁ〜毎日おいしそうな料理作ってくれて。私みたいに朝からパンなんて買う必要ないかぁ」

「パンのほうがいいよ。弟たちも前に食べたいって言ってたし。それに、お弁当っていっても夕飯の残りなんだから」

「ううん、夕飯の残りだっていいよ！　ちゃんと彩りと栄養を考えて毎日お弁当を作ってもらえるなんて幸せなことだよ！」

にこりと笑ってパンの包みに手を伸ばしたセイラ。

「――じゃあ、交換してよ」

「え？」

「このお弁当とセイラのパン、交換して」

嫌でしょ？

夕飯の残りを詰めただけのこんなお弁当本当は食べたくないくせに。

口ではなんとでも言えるんだから。

困ったように笑いながら、『でも、それはお母さんが真子に作ってくれたものだから』って言い訳しなよ。

お弁当をグイッとセイラに押しつけると、セイラはお弁当の中を覗き込んで顔を上げた。

「えっ⁉　いいの⁉」

目をキラキラと輝かせてうれしそうにお弁当を受け取るセイラ。

「あっ、代わりにこのパン全部食べてね。真子のために作ったお弁当なのに……おばさん、ごめんなさい！　ありがとうございます！　いただきます！」

なんの躊躇《ちゅうちょ》もなくお弁当を頬張るセイラ。

「おいしい～！　やっぱり真子のお母さんって料理上手だね！　お弁当、うれしいなぁ」

ニコニコしながら食べ進めるセイラの横で受け取ったパンをかじる。

口の中に広がる小麦粉の味に頬が緩む。

「おいしい……」

こんなにおいしいものをセイラは毎日食べているなんて。

あたしは外食なんてほとんどできないのに。

やっぱりズルい。セイラはズルい。

心の中にセイラに対する嫉妬の念が燃え上がる。

「おいしかったぁ！　ごちそうさまでした」

米粒一つ残さずに完食したセイラはお弁当をパタンッと閉じてあたしに差し出した。

「せっかくお母さんが作ってくれたのに私が食べちゃってごめんね」

申し訳なさそうに謝るセイラの言葉を無視してお弁当箱を受け取る。

何、その言い方。

あたしが交換しようって言ったからこんなことになったんじゃない。

セイラが謝ることないのに。

偽善者面するセイラに憤りが胸の中に渦巻く。

セイラといると……あたし本当に嫌な奴になる。

みんなも……そうだったのかな。

中学の時、セイラを嫌っていた女子たちの顔が次々に思い浮かぶ。

あの子も、その子も、みんなセイラに対しての劣等感や憤りを感じていたの？

「あ、そうだ。あのね……真子に言わなくちゃいけないことがあって」

一度小さく息をつくと、セイラはほんの少しだけ緊張したような顔つきになった。

今からセイラの言おうとしていることが手に取るようにわかる。

「うん。何？」

平然を装っているのにほんの少しだけ声が上ずる。

「あのね……私……怜音先輩の告白受けようと思うの」

やっぱり。心の中でチッと舌打ちをする。

「でも今さらじゃない？　先輩から告白されてから結構時間もたってるでしょ？　先輩も気が変わってるかもよ？」

「あっ……うん。でも、先輩言ってくれたの。一か月でも二か月でもよく考えてから返事が欲しいって」

「そんな先輩の言葉真に受けてんの？」

呆れたように苦笑いを浮かべたあたしにセイラは大きくうなずく。

「本当はね、先輩のこと何も知らないし付き合うなんて考えられないって思ってたの。でも、この一か月でいろいろ考えて……付き合ってからたくさん先輩のこと知っていって好きになれたらってそう思ったの」

「へぇ……」

「告白されてからね、こっそり先輩のこと見たりしたんだけど……心の優しい人だっていうことはわかったの。だから――」

「――あのさ、釘《くぎ》を刺すようで悪いけど、先輩女好きだよ？」

セイラの言葉を遮るように放った自分の言葉は氷のように冷たかった。

「セイラ……もしかして知らなかったの？　先輩の女癖の悪さって校内じゃ有名だよ？　あたしも校舎の裏手で先輩が女の子とキスしてるの見たことあるし」

根も葉もないこと。口から出まかせを言っただけ。

「そんな……まさか……」

表情を強張らせて、じっと考え込むセイラ。

嘘だよ、そんなの。

でも、あたし以外に友達のいないセイラにそんなことを教えてくれる人なんて誰もいないんだから。

「本当だよ？　あたしはやめたほうがいいと思う。傷つくのはセイラだよ？」

「でも、怜音先輩はそんなふうに見えなかったよ……？」

「誰だって裏の顔と表の顔を持ってるんだよ。セイラが見たのが表の顔だっただけじゃない？」

「真子が私の心配をしてくれてるのはわかるよ。ありがとう。でも、私は誰がなんと言っても怜音先輩のことを信じてみたい」

「へぇ……。親友のあたしより、怜音先輩を信じるんだ？」

「違うよ！　そういうんじゃないの……！　ただ――」

「――だったら、勝手にしたらいいんじゃないの!?」

「真子――!!」

勢いよく立ち上がったあたしを追いかけようとするセイラ。

「ついてこないで‼　セイラはもうあたしの親友なんかじゃないから」

吐き捨てるように言うと、セイラの唇が小刻みに震えた。

「真子……ごめんね……」

か細い声で謝るセイラに背中を向けると、歩き出す。

背中にはセイラのすすり泣く声。

心臓がドクンと波打つ。

ああ、気持ちいい。

背中に羽が生えたみたい。今なら天にまで昇れそう。

体が震えそうなほどの喜びに耐えられず、あたしは屋上の扉を後ろ手に閉めると笑った。

「あははは！　ざまあ見ろ！」

笑いすぎて涙が溢れる。ああ、こんなことならもっと早くこうすればよかった。

セイラを傷つけたことより、そっちの後悔のほうがずっと大きかった。

決意

学校にいる間、セイラが何度となくタイミングを見計らって声をかけてこようとしていたのを知っている。

それをうまくかわして蘭やハルトの席に向かい、機会をうかがうセイラをうまくまいた。

気分が高揚する。

セイラが悲しい顔をすればするほどあたしの気持ちは晴れる。

辛そうな顔をすればするほど優越感を感じて満たされた気持ちになる。

自分の中に眠っていた自己顕示欲と承認欲求がこれでもかというほどに溢れ出す。

今までのあたしはセイラの影のような存在だった。

誰からも認められず、セイラの引き立て役だったけど今は違う。

金持ちで容姿もよくて運動も勉強もできるセイラよりもあたしのほうがずっと優れている。

ハルトっていう彼氏だっているし、セイラとは違って友達もいる。

蘭はあたしにとってかけがえのない存在だ。

価値観も似ているし、毎回タクシーを使うような金銭感覚のマヒしているセイラとは大違い。

どうして気づかなかったんだろう。

セイラに友達ができないのはセイラに原因があったんだ。

引っ込み思案で口下手だから友達ができなかったわけではない。

「もっと早くこうすればよかった」

あたしはポツリと呟くと、軽やかな足取りで家路を急いだ。

「仕事……まだ見つからないの？」

必死に求人票と睨めっこしている父に声をかける。

「あぁ。なかなか……なぁ。父さんも歳だからなぁ……」

「これ、今日受けてきた会社の？」

テーブルの上はたくさんの求人票と返却された履歴書と封筒の山で溢れていた。

「どれもダメだったけどな」

父がため息交じりに肩を落とす。

その時、父が見ていた求人票に目が留まった。

「これって……」

「あぁ……これは神条コーポレーションの……。ほら、真子とお友達のえっと……セイラちゃんだったかな。あの子のお父さんが代表を務めている会社――」

「――セイラのお父さんの会社を受けるつもりなの⁉」

どうしてそんな会社を……！

「もし採用されたら正社員として登用してもらえる。あそこは福利厚生もしっかりしているし、子供たちを育てていく上では申し分ない」

「や、やめてよ……。もっと違うところあるでしょ……？　どうしてセイラの……」

さっきまでの爽快な気分はがらりと変わり最悪な気分になる。

どうしてよ。どうしてセイラのお父さんの会社なのよ。

セイラのお父さんが社長で、うちのお父さんがセイラのお父さんに雇われる。

それが悪いとは言わない。

でも、両親の格の違いを見せつけられたみたいでいや。

そんな罰ゲームみたいなことってある？

学校の子に知られたらあたしの立場って？

ダメ。そんなの絶対にダメ。

それに……セイラにだけは知られたくない。

あたしの一番の弱点をセイラにだけは見せたくなどない。

その時、チャイムの音が響き渡った。

「お母さんかな」

保育園から弟たちを連れて帰ってきたのかもしれない。

「――お母さん、おかえり……」

確認もせずに玄関の扉を開けると、そこにいたのは母と弟たちだけではなかった。

「なんで……？　何しにきたのよ！」

弟たちと手を繋いでいるセイラをキッと睨む。

「真子……あのっ……」

セイラが困ったように何かを言おうとした時、母がそれを遮った。

「ちょっと、真子！　お友達にそんな言い方ないでしょ⁉　セイラちゃん、せっかく来てくれたんだし、狭くて汚い家だけど少し上がていって！　ねっ？」

「そうだよ～！　セイラちゃん一緒に遊ぼう！」

あたしの気持ちなんてこれっぽっちも知らない母や弟たち。

「すみません……。じゃあ、少しだけ……」

押しに弱いセイラは申し訳なさそうに頭を下げながらうちに入った。

「あのっ、このパン……よかったらみなさんで食べてください」

セイラはそう言うと、手に持っていた紙袋を差し出した。

「あらっ、これ駅前にあるおいしいって有名な高級パン屋さんじゃない！　こんなにたくさんいいの？　逆に申し訳ないわ」

「いえ、いいんです。お口に合うかわからないんですが、よかったらどうぞ」

穏やかな口調で言うセイラに母は「ありがとう。じゃあ、お言葉に甘えて」と心底うれしそうに受け取った。

そして、弟たちはパンを見るやいなやすぐさま誰がどれを食べるのかでケンカを始める。

「ちょっと、セイラちゃんの前でみっともないことするんじゃないよ！　ごめんねぇセイラちゃん。うちの家はごちゃごちゃしててうるさいでしょう？」

「そんなことありません！　私は賑《にぎ》やかな真子の家に憧れます」

偽善者。何が『憧れる』よ。心の中で呟く。

あたしの生活とセイラの生活を交換してって頼んだら、断るでしょ？

絶対に無理だから。お嬢様のセイラにはあたしのこの生活なんて耐えられるはずがない。

本当は心のどこかであたしのことを見下して優越感に浸ってるんでしょ？

このパンを持ってきたのもあたしを見下すため？　それとも、パンすら買えないあたしたち家族への同情心？

弟たちが争うようにパンを奪い合う姿を見て、心の中でバカにして笑っているんでしょ？

「あらっ、うれしいこと言ってくれるのね。あっ、ちょっと待って。昨日作ったプリンがあるの。よかったら食べていって！」

「あっ、お構いなく」

キッチンに向かいバタバタと動き回る母にそう言うと、セイラが恐る恐るあたしに視線を向けた。

「真子……あのさ……今日はごめんね。私……」

セイラが小さく頭を下げて謝る。

「ていうかさ、こんなところでそんな話すんのやめてくれない？」

セイラのやることなすことすべてが鼻につく。

その困ったような表情も全部計算の上に成り立っているような気がしてくる。

父はあたしとセイラの険悪そうな空気を察して慌てた様子でテーブルの上の求人票を片づけている。

もっと早く片づけておいてよね。

父に対するイライラも募る。

「ごめんね。でもちゃんと誤解を解きたいから。私にとって真子は……」

「だからやめてよ！　こんなところで謝ってくるとかフェアじゃなくない？　あたしが悪者になるに決まってんじゃん。それとも何？　もしかしてそれを狙《ねら》ってる？」

「違う、そんなんじゃないの‼」

セイラが顔を歪めて否定した時、一枚の求人票が正座するセイラの足元にひらりと落ちた。

「あっ、落ちましたよ」

それを拾い上げて父に差し出そうとした時、セイラの視線が求人票に注がれた。

「これって……」

「あぁ、これね。神条コーポレーションの求人。おじさんね、セイラちゃんのお父さんの会社を受けようと思っていて」

父はほんの少し気まずそうに頭をかく。

サーッと顔から血の気が引いていく。

知られてしまった。一番の弱点をセイラに……。

顔が強張り喉の奥がひゅっと詰まる。

「今週、履歴書を送ってみようと思っているんだ」

「そうなんですね……」

「うん。僕はいい歳だからなかなか新しい仕事が見つからなくてね。それに、うちは子供も多いから少しでも安定している会社に就職したいと思って」

——やめてよ。

心の中で呟く。

お父さん、もうやめて。

どうしてセイラに身の上話なんてしてるの?

どうして我が家の恥をセイラになんて話すのよ——‼

「私に何かお手伝いできることはありませんか……?」

セイラの言葉に父は首を横に振った。

「いや、大丈夫だよ。心配してくれてありがとう。セイラちゃんの気持ちだけ受け取らせてもらうね」

「お役に立てなくて……すみません」

セイラが申し訳なさそうに謝った。

二人のやりとりを眺めていたあたしは、バッカじゃないの! と心の中で叫んだ。

自分の娘がこれから受けようと思っている神条コーポレーションの娘であるセイラと親友だと知っているなら、普通はそのコネを最大限まで利用しようって考えない?

セイラの同情を買うために身の上話をしたんじゃないの?

コネを利用しないなら、どうして新しい仕事が見つからないなんて惨めな話をしたのよ。

いつもそう。

だから結局、うちは損ばっかりしている。

これから先もずっと損ばっかりし続ける。

正義感の強い両親をずっと誇りに思っていた。

でも、いくら正義感が強くても正直者でも損をし続ける人生なんてあたしはまっぴらごめんだ。

人を裏切ってはいけない。

人を傷つけてはいけない。

人のものを盗ってはいけない。

人をイジメたらいけない。

両親のそんな言葉にはもう惑わされない。

誰がなんて言おうと、あたしはもうあたしの思うがままに行動する。

「――もう帰って」

低く押し殺したあたしの声にセイラが小首を傾げる。

「もう帰れって言ってんの。アンタなんてもうあたしの親友じゃない」

左手でセイラの腕を掴み強引に立ち上がらせ、右手でセイラのバッグを掴み上げる。

「真子……」

セイラは今にも泣き出しそうな表情であたしを見つめる。

やめて。そんな目で見ないで！

「おい、真子‼　やめろ！」

「真子、何をしているの⁉」

両親の叫び声が背中にぶつかる。

それを無視してセイラを引っ張り、玄関先までやってきた。

乱暴に力いっぱい扉を開いて、靴を履き終えたセイラを引きずり出す。

「真子……」

「もう二度とあたしに話しかけないで」

「そんな……真子は私の親友……」

「親友なわけないでしょ⁉　アンタっていつもそう‼　偽善者面しながら本当はあたしのことを心の底で見下して優越感に浸ってる！」

「違うよ！」

「あーーー、もういい！　早く帰って！」

セイラの両肩を思いっきり押すと、セイラはその場で尻もちをついた。

「いたっ……」

とっさに体をかばったのか、両方の手のひらをすりむき顔を歪めている。

「それぐらい大したことないのに。大げさすぎ」

あたしはそう言うと、セイラを無視して玄関の扉を勢いよく閉めて鍵をかけた。

扉を閉める直前、セイラは絶望的な表情を浮かべていた。

遅かれ早かれ、いつかはこうなっていた気がする。

あたしがバカだったんだ。セイラと親友になるなんて……。

「おい、真子！　セイラちゃんはどうしたんだ！」

「帰ったよ？　今、あたしたちちょっとケンカしてるの。だから放っておいて」

「だからってお友達にあんな態度をとっちゃダメよ！　人を傷つけちゃダメっていつも言ってるでしょ？」

母があたしの体を押しのけるようにして玄関の扉を開ける。

そこにセイラの姿はなかった。

「もう帰っちゃったのね……。プリン食べていってもらいたかったのに」

母が残念そうに肩を落とす。

「セイラみたいな子が、お母さんの作ったプリンを食べておいしいなんて思うはずないじゃん」

あたしは母の横を通りすぎながらポツリと呟いた。

お父さんもお母さんもバカだ。

表面上はニコニコしているセイラだって、ボロアパートに住んでいるあたしたち一家を見下しているのに。

それに気づかないなんて。

「もうセイラなんてあたしの親友じゃない」

そう呟いた瞬間、自分の心の中でようやく踏んぎりがついた。

第三章

激化

「おい、真子。もう怒るなって。ほら、いじけてないでこっち来いよ」

「……別にいじけてなんてないから」

放課後、立ち寄ったハルトの家であたしはイライラを抑えきれなかった。

「こっち来いって」

ベッドに肘をついて横向きに寝転んだハルトが、ベッドの下の床に座るあたしの腕を引っ張る。

一瞬で頭の中がカーッと熱くなるのを感じる。

いったい誰のせいでこんなに苛立ってるのかわかってるわけ？

「離してよ‼」

あたしはハルトの手を思いっきり振り払った。

ダメだ。イライラが収まらない。

「ていうかさ、そもそもハルトが約束破ったのがいけないんでしょ？」

毎回そう。

今日だって放課後は二人でカラオケに行く予定だったのに。

それなのに『今日はカラオケは無理だ。今月バイト代少なくてきついし』と言い出して家に行くことになってしまった。

ハルトがここまでインドア派だったことも、バイト代を惜しむほどケチだったことも付き合うまで知らなかった。

デートはいつもハルトの家。

ゲームをしたりＤＶＤを観たあと、やることは一つだけ。

今のようにベッドに寝転んだハルトはあたしの腕を引っ張りベッドへ誘う。

それがいつものサイン。

最初は刺激的だったハルトとの行為も回数をこなすうちにマンネリ化してくる。

同じパターンで過ごすハルトとの時間が退屈で。

こんなはずじゃなかったのに。

もっともっと胸を躍らせるような高鳴りを感じていたはずなのに。

それなのにどうして、ふいに別れというフレーズが頭をよぎるんだろう。

「まあ、確かに約束はしたけどさ。俺だって毎回真子の分まで出すの正直キツイし」

手を振り払われたハルトは露骨に嫌悪感を露わにする。

「ちょっ、何それ。別にあたしの分まで出してなんて頼んだことないよね？」

「たしかに頼まれたことはないけど、お前いつも言ってるじゃん。『うちは大家族だから、弟たちにお金がかかる』って。そんなこと言われたら割り勘にしようなんて言えないだろ」

「別にそんなつもりで言ったんじゃないし！」

「真子はいつも神条に飯とかおごってもらってたからそれが普通になってんだろ。でも、俺は神条みたいに毎回はおごれないから」

「……何それ。なんでそこにセイラが出てくるの!?」

「ハァ。真子、悪いけど今日は帰ってくんない？　お互い冷静になれなそうだし」

ハルトは大きく息を吐き出すと、あたしに背中を向けた。

何それ。お互い冷静になれなそう……？

誰のせいでこうなったと思ってるのよ。

あたしがいつ、おごってなんて頼んだ？

セイラの名前まで出してきて……。

そうやって勝手に理由つけて言い訳して。

そもそもハルトがインドア派だから、どっか行くのが面倒くさかっただけじゃん。

それをあたしのせいにするわけ？

しかも、その態度は何？

エッチできないってわかった途端、それ？

ハルトがあたしを家に呼ぶ理由ってエッチがしたいから？

それができなかったから、もう用はないし帰れってことでしょ？

「信じらんない……」

今すぐにでもその無防備な後ろ姿に蹴りを入れてやりたい気持ちになる。

付き合うまでは目が合うだけで息が止まりそうなほどドキドキして、ハルトのことを一瞬でも考えない日はなかった。

好きで好きで、大好きで。

きっとこれから先の人生で、これ以上好きになれる相手を見つけることはできないとすら思ってた。

でも、ハルトと付き合ってからは粗ばかりが目立つ。

些細なことで幻滅し、膨れ上がっていた気持ちが徐々にしぼんでいく感じがした。

「そんなんだから中学時代、彼女に浮気されたんじゃないの……？」

「は……？　今、なんて言った？」

ポツリと呟いたその声は最悪なことにハルトの耳に届いてしまったようだ。

ハルトの声が怒りに震えている。

「べ、別に！　あたしもう帰るから!!」

ゆっくりとした動きで振り返ったハルトから逃げるように、あたしは床に転がるバッグを掴んで部屋を飛び出した。

「おい！　真子、待てよ!!」

ハルトの声を無視して階段を駆けおりる。

どうして。付き合った当初はあんなに幸せだったのに、どうして今は幸せだと言えないんだろう。

家に帰る気になれず、蘭に電話をかける。

とにかく誰かに今日の出来事を愚痴りたかった。

五回目でようやく電話口に出た蘭。

「あっ、もしもし。蘭？　あのさぁ――」

『ごめん、真子！　今、バイト中だから。あとで連絡するね』

ブチッと切られた電話。スマホを握りしめたまま大きく息をつく。

まだ十八時。バイトもしていないセイラならば確実に連絡がつく。

今までのあたしとのやりとりなんてなかったかのように、笑顔であたしを迎え入れて愚痴だって聞いてくれる。

そんなの都合がいいってわかってるし。

甘い考えの自分を戒めながら駅に向かう。
駅前の本屋で立ち読みでもしてから帰ろう。
あたしはトボトボと一人重たい足取りで歩いた。

しばらく立ち読みをしたあと、店を出ると駅前は大勢の人で溢れていた。
通りすぎていくカップルを目で追ってしまう。
なんだか自分が一番不幸なような気がしてくる。
あれからハルトからの連絡はない。
きっと相当怒ってる。ケンカをしたのは今日が初めてだった。
「あれ……？」
その時、ふと見覚えのある後ろ姿を見つけた。
長いつやつやとした潤いのあるロングヘア。制服からスラリと伸びた長く細い脚。
人々の目を奪う美貌。
「セイラ……」
あたしの前方には楽し気に歩くセイラと怜音先輩の姿があった。
幸せそうな笑顔を怜音先輩に向けるセイラ。
セイラの声が聞き取れなかったのか、わずかに腰をかがめてセイラの声を聞こうとする怜音先輩。

指先を絡み合わせるように繋がれている二人の手をじっと見つめていると、息が苦しくなった。

どうして……。どうしてそんなに幸せそうにしてるの……？

ようやくセイラ以上に幸せになれたと思ってたのに。

ハルトをセイラから奪って、今度はあたしが勝者の気分を味わえると思ったのに。

それなのにどうしてこんなに惨めなの？

セイラばっかりいい思いをして、あたしばっかりいつも貧乏くじを引くなんて。

ズルい。何もかも持っているくせに、今度は校内一のイケメンを彼氏にするなんて。

あんなに幸せそうにしているなんて。あんなに愛されてるなんて……!!

壊してやりたい。ううん、壊してやる。

セイラだけが幸せなんて許せない。

その時、ふいにポケットの中のスマホが震えているのに気がついた。

ディスプレイには蘭の名前が表示されている。

「もしもし……？」

『あっ、真子～？　ごめん、今バイト終わった～！　で、なんか用だった～？』

「用ってわけじゃなかったんだけどさ」

『ん？　何、どうしたの？　元気なくない～？　さてはハルトくんとなんかあった？ケンカでもした～？』

「うん……。でももうそんなことどうだっていいんだ」

ハルトのことなんてどうだっていいの。

『え～？　どういう意味？』

蘭が不思議そうに笑う。

『あっ、もしかしてセイラのこと？』

「そう。でも、どうしてわかったの？」

『わかるって。あたしと真子って最近一緒にいること多いじゃん？　親友のことならなんでもお見通しですから～』

茶化すように言った蘭の親友という言葉に胸がじんわりと熱くなる。

「ありがとう、蘭」

『で、どうした？　なんかされたの？』

今までに溜まった不満を蘭にすべて吐き出すと、蘭がポツリと呟いた。

『親友のためにハッキリ言うね。真子、セイラにナメられてんじゃん。大量のパン持って家に謝りに来るとかありえないし。足元見られてる。結局は物で真子のこと釣ろうとしてるの丸わかりだし』

蘭の言葉は針のようにチクリと胸に突き刺さる。

『ねぇ、真子。これじゃセイラにやられっぱなしじゃん。そんなの悔しくない？』

「悔しいに決まってんじゃん！」

スマホを持つ手に力がこもる。

「ねぇ、蘭」

『ん？』

「明日からセイラのことハブろう」

『ちょっと、真子ってば本気〜？』

茶化した口調の蘭。

「本気」

『まぁ、真子がいいって言うならいいけど、あとで後悔しても知らないからね〜？』

ふふっと笑う蘭。

「後悔なんてしないから」

あたしにはもうセイラなんていらない。

怒りが沸々と沸き上がってくる。

あんなにハルトに苛立っていたはずのあたしの頭の中には、もうセイラへの怒りしかなくなっていた。

悪意

「えっ……」

教室に入ってきた瞬間、セイラはすぐに自分の席の異変に気がついた。

机の上には花瓶が置かれ、イスは水浸し。

セイラは顔を強張らせながら、ロッカーから取り出した雑巾で必死にイスを拭いている。

その様子を見て、コソコソと友達同士で何かを囁き合っているクラスメイトたち。

それに気づいたセイラの表情がますます曇っていく。

あたしと蘭はその様子を教室の隅で涼しい顔で眺めていた。

「セイラ滅茶苦茶困ってるじゃん。本当によかったわけ？」

「いいの。セイラなんてもう親友でもなんでもないし」

「ふーん。真子がいいなら、いっか。じゃ、遠慮なく～」

蘭はニヤリと笑うと、セイラの席に歩み寄った。

一言二言何かをセイラに伝えると、蘭は躊躇なく花瓶を手に取って入っていた水をセイラの体にぶちまけた。

「あらら～、水浸しになっちゃったね！　ちゃんと片づけてきてよ～？」

ケラケラと楽しそうに笑う蘭のことを呆然と見つめるセイラの姿が滑稽で、思わず吹き出しそうになる。

どんなにお金持ちでも、どんなに可愛くても。

どんなにスタイルがよくても、どんなにカッコいい彼氏がいても。

クラスの中で浮いた存在になるのって嫌でしょ……？

惨めでしょ？

恥ずかしいでしょ？

悔しいでしょ？

悲しいでしょ？

うつむいているセイラの表情はあたしのいる場所からはよく見えない。

でも、セイラがショックを受けていることだけは伝わってきた。

もっと。もっとだ。これだけでは足りない。

教室中の空気が重たくなる。

みんな水浸しのセイラに注目する。

女子はきっと気づいている。イジメが始まったと。

クラスの中でもリーダー的存在の蘭がセイラに水をかけたところを目撃したクラスメイトたちが、セイラを腫れもののように扱うのは目に見えていた。

誰だって自分が一番可愛い。

セイラがターゲットになったと気づいたのに、わざわざ仲よくしようなんて思う子がいるはずがなかった。

そもそもセイラは女子によく思われていない。

みんな自分が持っていないものを全部持っているセイラに多かれ少なかれ劣等感を感じていたはずだ。

もちろん、今までのあたしもそう。

でも、今は違う。

あたしが勝者でセイラが敗者だってわからせてやるの。

その場に立ち尽くしていたセイラが床に落ちた雑巾を拾い上げて、自分の席のまわりを拭き始めた。

床に這いつくばって一心不乱に雑巾を動かすセイラ。

もちろん、誰も手伝おうとしない。

ただじっと哀れんだ目をセイラに向けるだけ。

なんだろう、この爽快感は。

やっぱり蘭を味方につけておいて正解だった。

蘭はあたしが望む以上のことをしてくれる。

「神条、どうした？　大丈夫か？」

その時、教室に入ってきたハルトがセイラに気づいて駆け寄った。

「なんでそんなに濡れてんだよ。着替えてきたほうがいいって。あとは俺が片づけておくから」

ハルトはそう言うと、セイラの肩を抱くように立ち上がらせた。

なんなの、あれ。

ハルトにしなだれかかるようにしているセイラの姿にさっきまでの爽快感はどこかへ吹っ飛び、怒りの感情が溢れ出す。

「こんな幼稚なことしてんの誰だよ⁉」

怒りを含んだ声を上げるハルトは犯人探しをするように教室中をぐるりと見渡す。

その時、バチリと目が合った。

昨日ケンカしてハルトの家を飛び出してから連絡は一切取っていなかった。

あっちからも連絡が来なかったし、あたしからも連絡をしなかった。

ハルトからプイッと目をそらす。

悪いのは全部ハルトなんだから。

心の中で呟く。

「——お前、マジで最悪。見損なった」

ハルトの怒りを含んだ冷たい声。

思わず視線をハルトに向けると、ハルトはあたしを睨みつけていた。

「え……？」

思わず声が漏れる。

なんでハルトが怒ってんの？

ていうか、あたしがやったわけじゃないし。

花瓶を机に置いたのも、水をかけたのも蘭だもん。

「神条、一緒に保健室に行こう」

ハルトはセイラの肩を抱いたまま教室を出ていった。

「ハルトくん、滅茶苦茶怒ってたね〜。真子ってばまだ仲直りしてないの〜？」

「うん……」

あたしは意地っ張りだ。

昨日のハルトとのケンカだってハルトだけを一方的に責めたあたしが悪いってわかってる。

それに、最後の捨てゼリフだって。

あんなこと言ったらハルトが傷つくってわかっていたのに自分を止めることができなかった。

こんなはずじゃなかったのに。

最近そんなことばっかり考えている。

何もかもが全然うまくいかない。

急に目頭が熱くなって感情が一気に溢れ出す。

「――ちょっ、真子ってばなんで泣いてんのよ⁉」

蘭が驚いたようにうつむいているあたしの顔を覗き込む。

その時初めて自分が泣いていることに気がついた。

胸の奥の奥のほうがヒリヒリと焼けつくように痛い。

「あはは……なんで泣いてんだろ」

笑いながら涙を指で拭う。

よくわからない感情が胸の中に広がる。

「まったくもう。早くハルトくんのこと追いかけていって謝っちゃいなよ～？」

「ちゃんと謝れるかな……？」

「真子ならできるって。早く行きな！　ついでにセイラとハルトくんのこと引き離したほうがいいよ。元カレと元カノが一緒に保健室とか……心配じゃん？」

「……あたし、保健室に行ってくるね！」

あたしは慌てて教室を飛び出した。


朝から保健室に来る人はあまりいない。

保健室の前に立ったまましばらく動けなかった。

この中にはセイラとハルトがいる。

今、この中に入って二人に会ったところであたしはどうしたらいいんだろう。慌てて保健室までやってきたものの、どんな顔で何を言ったらいいのかわからず一歩が踏み出せずにいた。

でも、ずっとこの場所に立ち続けているわけにはいかない。

『元カレと元カノが一緒に保健室とか……心配じゃん？』

蘭の言葉が脳裏をよぎる。

保健室の扉を開けると、消毒液の独特の臭いが鼻に届いた。

中はシーンッと静まり返っている。

何かに急かされるような気持ちで部屋の奥にあるカーテンに手をかけた時、物音が聞こえた。

ギシッというベッドの軋むような音のあと、「ダメだよ……」と女の甘い声がした。

その声を聞き間違えるはずがなかった。

中学の時からずっと隣で聞いていた声。

高くておっとりとした男が好む女らしい声。

手が震えて呼吸が浅くなる。

カーテンを震える指先でつまみ、ゆっくりと引っ張る。

そこにいたのはベッドに仰向けに横たわるセイラと、その上に馬乗りになり、セイラの首筋に顔を埋めるハルトの姿だった。

息が止まったかと思った。

あまりに衝撃的な出来事に頭が追いつかない。

ただ呆然とその場に立ち尽くしながら、わずかに開いたカーテンの隙間から二人を見つめることしかできなかった。

勢いよくカーテンを開けて罵声を浴びせることも、ハルトをベッドから引きずりおろすこともできない。

ただただ、目の前の光景を見つめることしかできずにいた。

「神条……。俺が間違ってたんだ……。俺が……」

愛おしそうにセイラの髪を撫でながら首筋にキスをするハルト。

いつもあたしにしてくれているよりも丁寧にセイラを愛しているハルト。

何これ。いったいなんなの？

その時、仰向けだったセイラの顔がこちらへ向いた。

――気づかれた!!

ハッとしたと同時に、背筋が冷たくなった。

笑っていたから。

セイラはあたしに気づいた瞬間、口元をクイッと上に持ち上げた。

「……いいの。ちゃんと気づいてくれたから」

セイラはあたしに見せつけるようにハルトの背中に自分の腕を回す。

「神条……俺、もう止められないから」

セイラが受け入れてくれたと思ったのか、ハルトがセイラを見つめる。

何これ。何なのよ!?

叫びたいのに喉の奥に異物が挟まったかのように声にならない。

ただカーテンを右手で痛いぐらいに握りしめる。

「――あらっ、朝からどうしたの～？　体調でも悪い～？」

その時、突然保健室の扉が開き、先生が入ってきた。

慌ててカーテンから手を離そうとしたものの、遅かった。

「真子……!!」

振り返ったハルトはあたしに気づくなり、大きく目を見開いた。

すべてを見られていたと悟ったのか、弁解もせずに転がるようにベッドから足をおろして上履きを履くハルト。

ドクンドクンッと頭に血が上っていくのを感じる。

何よ。

あたしがさせてあげないからってセイラと浮気……？

あまりの怒りに頭がどうかしてしまいそうだった。

体は小刻みに震えて呼吸が浅くなり、全身が怒りの感情に包まれる。

それと同時に絶望や失望、そして今まで感じたことのないさまざまな感情という感情が次々に沸き上がり自分自身をさらに混乱させた。

ハルトのこと信じてたのに。まさかこんな裏切りに遭うなんて……‼

「池田さん？」

唇を噛みしめて先生の横をすり抜けて保健室の扉を開ける。

怒り、悲しみ、悔しさ、惨めさ。

さまざまな感情がひっきりなしに沸き上がり、とてもまともに受け答えできそうになかった。

セイラのあの顔。あの目。あの声。

あんなセイラを見たのは初めてだった。

生まれて初めて、あたしは殺意という感情が自分の中にあったことを知った。

「おい、真子‼　待てってば——‼」

保健室から教室に向かうまでの途中、追いかけてきたハルトはあたしの腕を掴んで制止した。

「離してよ」

ハルトの手のひらを振り払い、必死に冷静さを装って答える。

動揺しているなんて死んでも悟られたくなかった。

「真子、ごめん。俺……どうかしてた……。昨日ケンカして自暴自棄になって……それで……」

申し訳なさそうに謝るハルトの言葉に苛立つ。

なに言ってんの？

そんな自分勝手な言い訳が通ると思ってんの？

「どうかしてた……？　自暴自棄になってたらあんなことしていいと思ってるの？」

「わかってる。本当に悪かった……」

「わかってないでしょ⁉　セイラはあたしの親友だよ⁉　しかもさ、一応ハルトの元カノだし！」

こんな時だけ親友って言葉を口にするあたしも心底ズルい。

でも言い訳ばっかりして自分を正当化するハルトはあたしよりももっとズルい。

「中学時代、浮気されてその痛みを知ったんじゃないの？　それなのにどうして今度は自分が同じことしようとしてるの？」

「……っ」

「ハルト、本当最低だよ！」

ハルトのことをきつく睨みつける。

怒りをぶつけると、徐々に気持ちが落ちついてきた。

セイラとのことは心底ムカつくけど、きっと一瞬の気の迷いがあったんだ。

保健室の中で二人っきり。

しかも、セイラのYシャツは水に濡れて透けていた。

ちょっとした間違いだっただけ。

それに、ハルトはあたしを愛してくれている。

なぜかそんな自信があった。

もう一度謝ってきたら許そう。

そう思っていたあたしの耳に、予想外の言葉が飛び込んできた。

「――俺たち、もう別れよう」

ハルトは諦めたようにため息をつくと、そう切り出した。

「え……？　なに言ってんの？」

目の下が無意識のうちにけいれんを起こす。

「結構前から思ってたから」

「い、意味がわからないんだけど……！　どうして浮気しようとしたハルトがそんなこと言うの？」

「真子、お前変わったよ。今の真子は俺の好きだった真子じゃない」

「変わった……？　どこが……？」

ハルトはあたしをまっすぐ見つめた。

「親友の神条のこと、ハブったりしてんの知ってるから。そういう陰湿なことする奴、俺マジで無理だ」

嫌悪感丸出しに吐き捨てたハルト。

「え……？　ハブってるって……何が……？」

目の下が小刻みにけいれんを起こす。

どうして。どうしてハルトがそれを知ってるの。

「今日、机の上に花があったのも水かけたのだってお前だろ？」

確信めいた言葉。

ちょっと待って。あたしじゃない。

やったのは蘭だから。

「それって……セイラが言ってたの……？」

「そんなの誰だっていいだろ。でも、教室で俺と目が合った時、真子目をそらしただろ？　普通、自分の親友があんなことになってたら助けようとかするはずだろ」

「それは……」

「とにかく、もう無理だから。家に置いてある私物とか近いうちに持って帰って」

ハルトはそう言うと、クルリと背中を向けて歩き出す。

「待ってよ、ハルト‼」

今度は逆にあたしがハルトの腕を掴んだ。

「なんでそんなこと言うの？　確かにセイラとはちょっと前にケンカしちゃってギクシャクしてた。でも、別にハブったりなんてしてないから」

必死になってハルトにすがりついたものの、ハルトは表情を変えない。

「なに言われても俺の気持ちは変わらないから」

「どうして……？」

「じゃあ」

ハルトはあたしの手を解くと、そのまま歩き出す。

「どうして浮気しようとしてたハルトにそんなこと言われなくちゃいけないのよ‼」

大声で叫ぶ。

「自分のほうが最低最悪じゃん‼　超ムカつくんだけど‼」

その声は背中にぶつかっているはず。

でも、ハルトは振り返らない。

「ふざけんな、バカッ……‼」

曲がり角を曲がり、ハルトの背中は見えなくなった。

その場に残されたあたし。

叫んだせいで声がかれてしまった。

「なんでこうなるのよ……」

そう呟くと、自然と涙が頬を伝う。

最近、ハルトに対してトキメキだけじゃない感情を抱いていたのは確かだ。

昨日だってケンカしたし、言い合いになったりすることもあった。

だけど、まさか別れようって言われるなんて考えたこともなかった。

胸が苦しい。

『別れよう』って言われて初めて思い知る。

こんなにもハルトのことが大好きだったんだって。

「最低……‼」

零れてしまった涙を手の甲《こう》で拭う。

グッと拳を握りしめてそう呟いた時、前から歩いてきた人物に気がついた。

「セイラ……」

あたしの前まで歩み寄るとセイラは黙ったままあたしの顔を覗き込んだ。

「セイラ……アンタ、あたしに……何か言うことないわけ？」

絞り出した声は惨めに震えていた。

「真子に……言うこと？」

「そう。自分が何したかわかってる？　まさかセイラがハルトに手を出すなんて思ってなかった。あたしがこの間セイラに怒ったから、その腹いせ？　本当、最低だし‼」

唇が震える。

怒りをぶつけたいのに、ありきたりな言葉しか出てこない。

セイラは無表情のままあたしをじっと見つめていた。

「なんとか言いなさいよ！」

黙っているセイラに向かって叫ぶと、セイラはわずかに口元を緩ませた。

「あぁ、うっとおしい」

と呟き、持っていたゴムで髪を束ねるセイラ。

「言いたいことはそれだけ？」

「は？」

「あたしは真子と同じことをしただけだからね。あたしってやられたらやり返さないといられない性格なの」

「アンタ……なに言ってんのよ」

「真子だって彼に手を出したでしょ？　保健室のベッドの上でキスしてたのだって全部知ってるんだから」

「な、なに言ってんの……？」

ドクンッと心臓が波打った。

どうして知ってるの……？

確かに、あたしはセイラとハルトが付き合うようになってからハルトにちょっかいを出した。

あたしとハルトは両思いだったのに、割り込むように入ってきたセイラが許せなかったから。

保健室でキスをしてセイラからハルトを奪った。

だけど、どうしてそれをセイラが知ってるの……？

「何も知らないとか思ってるわけ？」

「え……？」

「ぜーんぶ、知ってるんだから」

冷めた表情を浮かべるセイラに背筋がぞくりとする。

「机の上に花を置いたのだって真子がやったんでしょ？　親友って言ってたのに、そうやって簡単に裏切るんだね？」

「どうして、あたしがアンタに責められないといけないわけ……⁉　悪いのは全部セイラでしょ……⁉」

「全部あたしが悪い……？　本当にそう思ってるの？」

「当たり前でしょ⁉」

「ふーん。まぁ、どうだっていいけど」

セイラはプイッとあたしから顔を背けると、そのまま背中を向けて歩き出す。

何？　なんなのよ。

セイラの態度に苛立ちだけでなく困惑してしまう。

あんな態度のセイラ初めて見た。

間違いなくセイラなのに、セイラじゃない。

まるで違う誰かに乗り移られているみたいだった。

逆転

――あの日から、セイラは変わった。

それはまるで、今までのあたしのセイラへの行いへの仕返しのようだった。

「もう、ハルトくんってば！」

教室の後方にあるロッカーの前でハルトとセイラが言葉を交わしている。

『清水くん』と呼んでいたはずなのに、いつの間にか『ハルトくん』という呼び方になっていた。

時々、セイラはわざとらしく高い声を出してハルトの気を引き、ボディタッチを繰り返す。

あたしの白々しい目とは対照的に、ハルトはだらしなく顔を緩ませている。

ハルトと別れてから二週間。

クラス内でもあたしたちが別れたという噂はあっという間に広がった。

クラス公認のカップルのような存在だったあたしたちにどうやって接したらいいのかクラスメイトたちは困っていたみたいだけど、セイラだけは違った。

今のようにあたしに見せつけるようにハルトといちゃつく。

するると、不快感を抱きながら二人を見つめるあたしの元へ林くんが歩み寄ってきた。

「なぁ、池田。ハルトどうなってんの？」

林くんは嫌悪感丸出しの視線をハルトたちに送ったあと、あたしへ戻した。

「どうって？」

「神条と別れたあと、池田と付き合ってただろ？　で、お前らが別れてまた神条と仲よくしてるとか意味わかんないし」

「そんなこと言われてもあたしだって困るよ」

「ハルト……アイツマジで何なんだよ」

林くんは困ったようにため息をついた。

「アイツの考えてること最近全然わかんねぇし。俺ももうかばいきれねぇよ」

うな垂れている林くんの気持ちが手に取るようにわかる。

クラス内の男子の大半は、口には出さなくてもセイラに心惹かれていただろう。

マドンナ的存在のセイラと付き合ったどころか、自分から振り、そして今度はまた親しげにしている。

そんなハルトの態度に男子たちが苛立っていることは肌で感じられた。

男女問わず人気者だったはずのハルトがここ最近はどこか浮いた存在だ。

とくに男子からは露骨に冷めた態度をとられている。

ハルトと親友の林くんはハルトのことをかばっていたようだけど、それももう限界なんだろう。

そもそも正義感の強い林くんは道からそれることを嫌う。

ハルトの今の行動は目に余るんだろう。

「前にハルトのことで池田にいろいろキツイこと言ってごめんな」

林くんはそう言うと、自分の席に戻っていった。

あたしたちがしゃべっている間もハルトとセイラは楽しそうに言葉を交わし続けている。

ムカつく。

怒りと憎しみが交じり合って真っ黒い感情に支配される。

あたしとハルトとの仲を切り裂いたのはセイラのくせに、怜音先輩との関係は継続し続けているなんて。

「ちょっと、あれなんなのよ〜？」

あたしの席にやってきた蘭が顎でセイラのいる方向を差す。

「知らない。勝手にやらせておけばいいんじゃない？」

「勝手にやらせておけばって……。アンタ、ハルトくんのことセイラに取られても悔しくないわけ？」

「別に。そろそろハルトとも終わりかなって気がしてたし。別れて清々した」

保健室の話は蘭にしていなかった。

セイラにハルトを寝取られそうになったなんて蘭に知られたくない。

そんなのあたしのプライドが許さない。

「それに、セイラには怜音先輩がいるでしょ？」

「あれ……？　真子ってば、知らなかったの？」

「何が？」

「先輩とセイラ別れたんだって」

蘭の言葉に絶句する。

先輩とセイラが……別れた？

「どうして、急に……」

「噂だと、セイラが原因みたいだよ」

「どういうこと？」

「さぁ？　あたしにも詳しくはわかんないけどね」

蘭は首をすくめた。

思わずロッカーの前にいるセイラとハルトに視線を向ける。

楽しそうにしゃべっている二人。

その時、あたしの視線に気づいたのかセイラが視線をハルトからあたしにスライドさせた。

目が合った。

その時、セイラは挑戦的な笑みを浮かべた。

その笑みに心臓がドクンッと不快な音を立てて震える。

セイラはハルトの顔の前でクイクイッと手招きする。

腰をかがめてセイラの口元に耳を寄せるハルト。

手を添えて何かを囁くセイラ。

唇が震えた。

何よ。あれ。どういうつもり？

ハルトはセイラを見つめてニッと笑うと、セイラとともに教室をあとにする。

あたしはただ呆然と二人の姿を目で追うことしかできなかった。

セイラ……どういうつもり？

あたしからハルトを奪って自分のものにするの？

あたしがハルトと付き合ったと知った時、あんなに祝福してくれたのに。

それなのに、いったいどうして？

「ねぇ、真子。いくらなんでもあれってひどくない？」

ハッとして声の主に視線を向ける。

それはクラスの女子だった。

「だよね～！　真子とハルトくんが別れたあとにあんなふうに目の前でいちゃつくなんてありえないよ」

「最悪だよね。セイラのこと見損なった」

口々にセイラの悪口を言うクラスメイトたち。

「ていうかさ、前からなんかあの子って胡散臭いって思ってたんだよね」

「わかる～！　自分のこと可愛いって気づいてるのに、そういう態度見せなかったりね。いつもいい子の優等生演じてさ」

「男ウケ狙いすぎなんだって。ああいう女が一番タチ悪いんだよね～」

セイラの悪口は止まらない。

正直、ホッとした。

やっぱりあたしの感覚はおかしくない。

誰から見ても、セイラの行動は目に余るものがある。

悪いのはセイラだ。あたしじゃない。

「ねぇ、みんな。セイラのこと、ハブろうよ」

提案したのは蘭だった。

クラス内で発言力のある蘭の提案を受け入れない人はいなかった。

みんな多かれ少なかれ、セイラの存在を疎ましく思っていたらしい。

すべてにおいて完璧なセイラを見ると、自分自身がちっぽけに思え劣等感にさいなまれる。

「そうだね。やってやろうよ」

「やろ！　あの子が悪いんだもん」

セイラという共通の敵が現れたことにより、クラスの女子の結束は固くなる。

クラスメイトたちがここまでセイラに対して不満を募らせていることにあたしは気づいていなかった。

「あの子ってさ、時々男に色目使ってたよね？」

「わかる！　あたしの彼氏にも手出そうとしてたし！」

正直、セイラが男子に色目を使っているところなんて今まで見たことがなかった。

だけど、ハルトのことを保健室で誘っていたのは間違いない。

なんだろう。この違和感。

ワイワイと盛り上がるクラスメイトたちを横目に、セイラに対して言葉にはならない違和感を覚えていた。

その日から、クラスの女子たちを巻き込んでセイラへのイジメを始めた。

最初は本当に些細なことから始まった。

机に落書きをしたり、ロッカーの中身を床に落としたり。でも、それは徐々にエスカレートしていき、上履きを砂まみれにしたり、机の中の教科書やノートをゴミ箱に捨てたりした。

クラスの女子は一丸となってセイラを徹底的に無視した。

みんなのあまりの露骨な態度にセイラは自分がイジメのターゲットになっていると気づいた。何かをされるたびに不安げに表情を強張らせたり、必死に泣くのを堪えているように見えた。

その顔を見るたびに、苛立ちが募った。

こんなことをされる原因を作ったのはセイラのくせに、やられた時だけ被害者面するなんて……！

もっと苦しめてやりたいと思った。

もっともっと傷ついてしまえばいい。

もっともっと打ちのめされてしまえばいい。

この世の終わりと思えるぐらいの苦痛を与えてやりたい。

どうやったらセイラをこれまで以上に傷つけられるんだろうか。

そんなことを日々考えるようになった。

「なんか意外とセイラって打たれ強くない～？　いろいろ嫌がらせしたのに、いまだにハルトくんと仲よくしゃべったりしてるし。セイラ、全然こたえてないじゃん」

休み時間、あたしの席にやってきた蘭は腕組みしながら、一人で本を読んでいるセイラを見つめて言った。

「そろそろ上げ落とし作戦でも決行する？」

蘭が不敵な笑みを浮かべた。

「何それ」

「相手の気分を上げておいて、そのあとで一気に落とす。真子とまた仲よくできるって喜ばせておいて、その喜びを奪ってやるの。その落差が大きければ大きいほどショックもでかいもんだよ」

「へぇ。面白そうだね。やってみようか」

「あたしも協力するから。セイラがどんな反応するか楽しみだね」

蘭の言葉に、あたしは大きくうなずいた。

「セイラ、なんの本読んでるの？」

蘭の計画どおり、あたしはセイラの席に近づいていき声をかけた。

本当は目も合わせたくなかったし、声も聴きたくなかった。でも、作戦のためには仕方ない。

そう自分自身に言い聞かせる。

「真子……」

「小説？　あっ、セイラはあたしと違って漫画なんて読まないもんね」

突然声をかけてきたあたしにセイラは心底驚いたように目を丸くしていた。

「う、うん。小説だよ。あっ……でも、私も漫画大好きだよ！」

開いていた本を閉じて机の上に丁寧に置き、言葉を選びながらそう答えたセイラの表情がわずかに緩む。

「そっか。じゃあ、今日の放課後一緒に満喫でも行く？　久しぶりだし一緒に夕飯も食べない？」

「え……？」

「あっ、もしかして用事あった？　それなら仕方ないけど」

「ううん！　ないよ。用事なんてない。一緒にご飯も食べよう！」

セイラの目が輝く。最近、一切会話もしていなかったあたしの言葉を真に受けるなんて、どこまでも頭の中がお花畑の大バカなんだろう。

この間の一件なんかすっかり忘れてしまったような態度をとるセイラに、腸《はらわた》が煮えくり返る。

これもすべてセイラの計算なんだろうか。

だとしたら相当したたかだということ。

でも、すぐにその目の輝きを奪ってやる。

あたしはアンタにされたこと、一ミリだって許していないんだから。

「じゃあ、放課後ね。楽しみにしてるから」

授業の始まりを告げるチャイムが鳴り出した。

「うん！　私も楽しみ」

にっこりとセイラに笑いかけると、セイラは心底うれしそうにうなずいた。

セイラがバカなのか、それとも、あたしをバカにしているのか。

もうそんなのどちらだっていい。

あたしが今一番やりたいこと。それはセイラをひどく傷つけることだけだ。


「こないだ真子と行った駅ビルのテナント、今日からセールだって〜！」

「えー、マジで？」

「しかも、七十パーセントオフもあるみたい。行きたくない？」

「行きたい！」

「じゃあ、週末あたりどう？　二人で行こうよ！　約束！」

いくら七十％オフでも買うお金がないし、見るだけだけど。

そう心の中で呟きながらも蘭に話を合わせる。

放課後になり蘭、あたし、セイラと三人で横並びで歩きながらあたしはセイラに背中を向けるようにして蘭とだけ言葉を交わしながら歩いた。

『蘭も一緒でいいよね？』

ソワソワと落ちつかない様子でバッグに教科書を詰めていたセイラはあたしの言葉にほんの少しだけ残念そうな表情を浮かべた。

駅前までの道中、何度か話に入ろうとしていたセイラも諦めたのか少しうつむき加減になりながらトボトボと半歩後ろを歩いてついてくる。

あえてセイラが会話に入れない話題ばかり振ってくる蘭はさすがだ。どうやったら相手が傷つくかわかっていてその弱い部分を徹底的に攻撃する。

駅前にある漫画喫茶の前についた時、蘭が「あっ！」と大きな声を出した。

「ヤバっ！　お金おろしてこないとないや！　ちょっとコンビニ行っておろしてくるから！」

「マジで？　じゃあ、あたしもついていくよ。悪いけど、セイラはちょっとここで待っててくれる？」

あたしの言葉にセイラが「あっ、お金なら私が立て替え……」と途中まで言ったところで、「いい！　すぐ戻ってくるから！」あたしは蘭の腕を掴んで駆け出した。

立て替えてもらったら困る。だってこれも全部蘭とあたしが決めた計画の一つなんだから。

「そこ、動かないでね！　ちゃんと待っててよ！」

「う、うん。わかった」

困ったようにうなずいたセイラを見て、心の中でほくそ笑む。

戻ってくることのないあたしと蘭を、ずっとそこで今か今かと一人待ち続けていればいい。

置き去りにされたと気づいて絶望感を味わえ。

「さてと、うちらはファミレスにでも行きますか～！」

「だね。あ～、なんかお腹空いちゃった」

「甘いもの食べたいから今日はパフェでも頼もうかな」

「いいね～」

あたしと蘭は目を見合わせてニヤッと笑い合うと、軽い足取りでファミレスを目指した。

「ねぇ、これ見て。セイラからの鬼電」

ファミレスでお腹を満たしたあと、バッグの中のスマホを取り出して苦笑いを浮かべる。

セイラから着信が十件以上入っている。メッセージも届いていた。

『真子、大丈夫？』

『道に迷ったんじゃないよね？』

『心配してます。連絡ください』

時計を見る。もうあれから二時間以上もたっている。

「ねぇ、セイラの奴もしかしてまだあそこに立ってんじゃないの〜？」

「まさか。だとしたら相当な大バカじゃない？」

ふいにファミレスの窓に目を向ける。

いつの間にか大粒の雨がアスファルトを叩いていた。

こんな天気の中、一人であんな場所に立ち続けてあたしたちを待っているはずがない。

「気になるからちょっと行ってみようよ」

蘭の言葉に好奇心をかきたてられたあたしはニヤッと笑うとバッグを掴み、席を立った。

「うわっ、セイラいるじゃん！」

「マジでありえないんだけど」

あたりはもう真っ暗だった。満喫の前でセイラは傘もささずにずぶ濡れになりながら立っていた。

スマホを胸元で両手で握りしめてキョロキョロとあたりを見渡し、来るはずのないあたしを探しているように見えた。

「なんで待ってんのよ。さっさと帰ればいいのに」

きっと、待っていなかったら待っていなかったで苛立ったに違いない。待っていたら待っていたで恩着せがましいと感じてしまう。

結局、あたしはセイラが何をしても鼻につくのだ。

それぐらいセイラの存在が憎くて仕方がない。

「真子、セイラに連絡してあげたら～？　あの子、このままじゃずーっとあそこで真子のこと待ち続けるかもよ？」

呆れたように言う蘭に促され、渋々スマホを取り出し耳に当てる。

セイラは着信に気づき、ハッとしたように慌ててスマホを耳に当てる。

『――真子？　大丈夫？』

『……何が？』

『全然連絡つかないからどうしたのかなって心配になっちゃって』

声を震わせるセイラにあたしはこう答えた。

「なんか急に満喫行く気分じゃなくなっちゃったの。だから、蘭と一緒にファミレス行ってパフェ食べてきた」

『え……？』

「戻ろうとはしたんだけど、めんどくさくなっちゃってさ。まさかまだ満喫の前で待ってるとかないよね？」

『えっ……。あっ、うん。もう待ってないよ』

嘘つき。全部見られてるとも知らずに。

「だよね。ずっとあそこで待ってたとか言われたら気持ち悪いし。じゃあ、そういうことで」

『あっ、待って、真子！』

「何？」

『明日……放課後、暇？　もしよかったら明日こそ一緒にご飯でもどう？』

急激に沸き上がってくる感情の名前がわからない。

誘われてついていった満喫の前で雨の中何時間も待たされて連絡も取れなくて。挙げ句の果てに面倒くさいとまで言われたのに、それでもなおあたしを誘うの？

どうして文句の一つでも言おうとしないの？

どうしていつもそうやっていい子のふりするの？

かと思えばハルトを寝取ろうとしたり。

ああ、ムカつく。

あたしはスマホを耳から離して一方的に電話を切った。

そして、そのまままあたしはセイラの元へ歩み寄った。

「アンタ、バカじゃないの？」

突然のあたしの登場にセイラは心底驚いていた。

「真子……来てくれたの？」

全身をガタガタと震わせながらすがりつくような瞳をあたしに向けるセイラを睨む。

「いい加減にして。アンタのそういうところホントムカつく」

「えっ……？」

『真子だって彼に手を出したでしょ？　保健室のベッドの上でキスしてたのだって全部知ってるんだから』

挑発的な目であたしを煽ったセイラを思い出す。

「中学時代、どうしてアンタがみんなに嫌われてたのかよくわかった。みんなアンタのそういうところがムカついたんだね。いい子のふりして偽善者ぶって。そうかと思えば開き直って言い返してきたり」

「どういう意味……？」

「そんなの自分が一番よくわかってるでしょ⁉　あたしのことバカにするのもいい加減にしてよ！」

保健室でハルトを寝取ろうとしたくせに。それを見たあたしに挑発的な笑みを浮かべたくせに。

忘れたなんて言わせない。あたしは全部覚えてる。

アンタにされたことのすべてを――。

「真子……」

あたしに震える手を伸ばしてきたセイラ。

あたしはその手を勢いよく振り払い、右手でセイラの肩を力いっぱい押した。

受け身を取っていなかったセイラは水はけの悪いアスファルトの上に尻もちをつく。

セイラの顔が歪む。

「……ぅっ……ううっ……」

セイラは汚い水溜まりの中に座り込み、涙を流す。

あたしはそんなセイラを見おろした。

「これからは気安く真子とか呼ばないでよね。あたしとアンタはもう親友なんかじゃないんだから」

「……っ」

「あっ、違う。もう友達でも何でもないか。蘭、いこっ！」

あたしとセイラのことを黙ってすぐそばで見つめていた蘭の腕を掴み歩き出す。

しばらくして振り返ると、セイラはまだ地面に座り込み頭を垂れていた。

「いいの～？　この前まで親友だったのに」

「別に。もう親友じゃないし」

罪悪感なんて覚えない。悪いのはセイラなんだから。

「ざまぁ見ろ！　さてと、明日セイラが学校来たら、何しようかなぁ～」

セイラを傷つけるという目標を達成したことで、爽快感を感じる。

「まだ足りない。もっともっと苦しめてやる」

あたしはスキップしたい気持ちを抑えてそうポツリと呟いた。


女子しかいない教室内。

男子は校庭のトラックを二十分間走り続ける体力強化週間でいなかった。

「……ひどい……」

登校してすぐ机の上に書かれた【死ね！】というマジックの落書きに気づいたセイラはその場で泣き崩れた。

床にペタンっと座り込み、涙を拭うセイラをクラスの女子たちは冷ややかな目で見つめる。

「ハァ〜？　ひどいのは誰よ？」

「ウソ泣きとかありえないんだけど」

あちこちから上がるセイラを非難する声。

「どうして……？　私が……何かしたって言うの？」

顔を持ち上げたセイラの目は真っ赤だった。

「ハァ？　なに言ってんの？　そんなの自分自身が一番よくわかってんでしょ〜？」

蘭はツカツカとセイラの元へ歩み寄ると、

「お前、マジでうざいから」

そう言ってセイラの頬をはたいた。

パチンッという乾いた音。

セイラは恐怖におののいた表情を浮かべる。

「死ねよ、マジでお前」

蘭の言葉にセイラが顔を歪める。

「っ……痛い……頭が……頭が痛い……」

するとと突然、セイラが頭をかかえて苦しみ始めた。

「……ハァ～？　今度は仮病？　ちょっと、真子もこっち来てなんとか言ってやってよ～！」

やれやれと呆れたように首をすくめる蘭の元へ歩み寄る。

「頭が痛いの……助けて……。お願い、真子……」

セイラの顔は真っ青だった。

苦しそうに肩で息をしながら必死にあたしに向かって手を伸ばすセイラ。

何よ。こんな時だけ頼ろうとするなんてふざけるのもいい加減にしてよ。

あたしに挑発的な言動をしておきながら、弱ってる時だけ頼るなんてバカにしすぎだから。

この女、ホントムカつく。

「真子、助けてだってぇ～！　どうすんの～？」

煽るような口調の蘭。

まわりのクラスメイトたちもあたしの動向に注目している。

今、あたしがやるべきことは一つだけ。

「何？　マジでウザいから」

あたしは必死に助けを求めているセイラの手をはたき落とした。

そして、セイラの髪を左手で鷲づかみにしてうつむく顔を力任せに持ち上げる。

涙でグチャグチャのセイラの顔が苦しそうに歪む。

「都合のいい時だけ被害者面するのやめてよね。アンタ、自分がしたことわかってんの?」

セイラが驚いたように大きく目を見開く。

「真子……」

「アンタなんて大っ嫌い。顔も見たくない。もう学校くんなよ。とっととくたばれ!」

あたしは空いている右手でセイラの頬を思いっきり引っぱたいた。

パシッという乾いた音のあと、辛そうに顔を歪めるセイラの目の端から一筋の涙が頬を伝った。

もうこれで終わりだ。セイラだってわかっただろう。

もう二度と、あたしとセイラは昔のような関係には戻れない。

狂ってしまった歯車はもう二度と戻らない。

すると突然、セイラがうつむき肩を震わせた。

「ふっ……ふふっ……」

小刻みに震える細い肩。

「ちょっ、アンタこの状況で笑ってんの⁉」

蘭が苛立ったような声を上げる。

その瞬間、セイラは何事もなかったかのようにその場から立ち上がり教室の扉のほうへ歩き出した。

え……？

一瞬だけ、セイラと目が合った。

セイラは口の端を挑戦的に持ち上げて笑っていた。

教室から出ていったセイラを追いかける人はいなかった。

教室内がシーンッと静まり返り異様な空気が漂う中、蘭が声を上げた。

「あれなんなの～？　泣いてると思えば笑ってるし。頭どうかしちゃった～？」

蘭の言葉に雰囲気が和らぎ、クラスメイトたちがクスクスと笑う。

「真子がセイラのことはたいた時、スカッとしたわぁ～！　ねぇ、みんな？」

「だよね～！」

「ホント、いい気味だし‼」

クラスメイトたちが蘭の言葉に賛同するように、悪口を言い合う。

みんな満足げな表情を浮かべて、共通の敵であるセイラを泣かせたことを心の底から喜んでいるように見えた。
でも、なぜかあたしはそんな気分にはなれなかった。
あのセイラの目……。
確かに涙を流していたのに、どうして笑顔を浮かべたりしたの……？
セイラの挑発的な表情が引っかかる。
「あたし、ちょっとトイレ行ってくる」
あたしは蘭に笑いかけると、教室を飛び出してセイラのあとを追った。
廊下のちょうど真ん中あたりにあるトイレにセイラが入っていく後ろ姿が見えた。
そのあとを追ってトイレに入る。
「あれ……？」
でも、トイレの手洗い場にセイラの姿はない。
それどころか個室の扉はすべて開いている。
どこに行っちゃったの……？
三つあるうちの手前の個室を覗いたものの、セイラの姿はない。
心臓がドクンッと震える。
扉を閉めずに用を足すわけはない。
だとしたら、どういう意図があるっていうの？

そもそも、あの後ろ姿ってセイラだった……？

ありえない。セイラの姿を誰かと見間違えるなんて。

それに、見間違っていたとしてもセイラではない誰かがこのトイレに入ったのは間違いない。

恐怖を覚えながら二つ目の個室を覗き込む。

やっぱりいない。

それどころか人の気配すらない。

「セイラ……？」

残りは一つ。最後の個室を恐る恐る覗き込んだ。

「ありえないんだけど……」

三つ目の個室にもセイラはいなかった。

いったいどこに消えたの……？

ハァッと大きなため息をついた瞬間、「真子」と肩を叩かれた。

「いやぁあぁあ‼」

全身の毛という毛が逆立ち、ビクッと体を震わせる。

慌てて振り返った視線の先にいたのは、セイラだった。

「そんなに驚いてどうしたの？」

クスッと笑うセイラに一瞬にして怒りが沸き上がる。

「どうしたの、じゃないでしょ⁉　驚かさないでよ‼」

心の底からの怒りを全力でセイラにぶつけるけれど、それでもセイラは笑みを崩さぬまま続けた。

「真子が追いかけてくるのがわかったから掃除用具入れの扉に隠れてたの。まさかそんなに驚くなんて思わなかったな」

涼しそうに言うセイラの口調はあたしの怒りに油を注ぐ。

「セイラ……アンタねぇ……」

「何？　言いたいことがあるなら全部言ってよ」

腕を組んで首を傾げるセイラの高圧的な態度。

「へぇ……。それがセイラの本当の姿だったんだ？」

「本当の姿って？」

「いつも弱いふりしていい子ぶってさ。あたしがハルト好きなの知ってて告白したんでしょ？　こっちだって何も知らないと思ったら大間違いだから」

「知らなかったよ、最初は。真子が彼を好きだったなんて。それに自分で好きじゃないって言ったんじゃない」

「クラスのみんなの前で公開告白なんてできるわけないでしょ？　それをわかってて

いろいろ聞いたんでしょ？　セイラって腹黒すぎ。もっと早く気づくべきだった」

セイラは黙っている。

「アンタのこと親友だと思ってたなんて信じらんない。もう顔も見たくないし。もうあたしと関わらないで」

そう言った瞬間、セイラは右手であたしの首を掴んだ。

「え？」

あっという間にものすごい力で壁際に体を押しつけられ、目を見開く。

苦しい。息ができない。

セイラは眉間にしわを寄せてわずかに目を細めた。

「それ、こっちのセリフ。もう真子のことなんて親友だって思ってないから。これから先は自由にさせてもらう」

さらに右手に力を込めるセイラ。

喉の奥が詰まり、息を吸い込むことができない。

あまりの苦しさに目を見開くと、セイラはようやくあたしの手を離した。

「ゴホッ……ゴホッ……うっ……」

その場にしゃがみ込み、必死に息を吸い込む。

「真子も他の子と一緒だった。結局、みんな最後は裏切るの」

セイラはそれだけ言うと、スッとあたしから視線を外してトイレから出ていった。

しばらく肩で息をしていると、呼吸が安定してきた。

立ち上がって手洗い場の鏡で自分の首元を確認すると、押さえられていた部分が赤くなっていた。

「なんなのよ、あれ……」

セイラのあの細い腕にどうしてあんな力があるっていうの……？

信じられない。全身に鳥肌が立つ。

セイラという存在に恐怖が募る。

あの子、おかしい。絶対におかしい。

腕に浮かび上がった鳥肌を必死に手のひらでこする。

なんとか気持ちを落ちつけてから教室に戻ると、教室内は異様な雰囲気に包まれていた。

ヒソヒソと数人で集まって何かを話しているクラスメイトたち。

「何？　どうしたの？」

近くにいた子に尋ねると、「真子、ヤバいよ！」と顔を歪めた。

「何が？」

「神条さんが……真子の机に……」

「え？」

自分の席に視線を移す。

机に黒い文字で何かが書かれている。

ハッとした。

机に駆け寄ると、あたしの机にはマジックペンで【お前が死ね】と大きな文字で書かれていた。

「何……これ……」

呆然と机に書かれた文字を目で追っていると、蘭が駆け寄ってきた。

「真子、大丈夫？」

「うん……。ねぇ、蘭。これって……」

「セイラだよ！　ビックリじゃない!?　さっき教室に戻ってきたと思ったら、マジックペン取り出して真子の机に……！」

「やっぱりセイラだったんだ」

「やっぱりって？　ていうか、真子、首赤くない？　どうしたの？」

「ううん、何でもない」

答えながらセイラに視線を向ける。

セイラは何食わぬ顔で席に座り、本を読んでいた。

「ていうか、セイラヤバくない？　どうしちゃったのよ、あの子！　みんなドン引きだから」

蘭の話が頭に入らない。

さっきまで収まっていた鳥肌が再び腕に浮かび上がる。

あたしはセイラを甘く見ていたのかもしれない。

中学からの親友であったセイラの狂気的な行動に恐怖を覚えた。

真実

机の上の落書きの件は、担任にこっぴどく叱られただけで終わった。

ケンカをしてお互いの机に【死ね】と落書きするなんて、小学生でもやらないと呆れられた。

でも、そんな単純なことではなかった。

セイラはあの日から様子がおかしい。

それどころか、あたしのまわりでもとにかくおかしなことが立て続けに起こるようになった。

「うわっ、学食混んでるね～！」

「だね。とりあえず、席取っちゃおっか」

お昼になり蘭と一緒に食堂へ向かい、空いている席を確保する。

「じゃあ、あたしなんか買ってくるから。真子は先にお弁当食べててもいいからね～」

「うん」

蘭の背中を見送ってすぐ、向かい側のテーブルに座る人物に気がついた。

頭を包帯で巻き、腕にギプスをしているのは以前クレープ屋さんで隣の席になった先輩だった。

『隣だから話聞こえちゃったの。あたしたちミスコンの担当の係やってる三年なんだけど、あなたは明日のオーディションには来ないでね？』

『毎年、あなたみたいに可愛い友達にくっついてきてオーディション受けようとする子がいるんだけど、正直人数増えて迷惑なんだよね。そもそも可愛い子にはちゃんとオーディションに来るようにって事前に声をかけてるんだから』

『だーかーら、友達の付き添いでオーディション受けて自分のほうが受かっちゃうとかいう夢物語なんてないよ、ってこと』

あたしに嫌味を言った先輩。

「アンタ、それ大丈夫なの～？」

「まぁ、なんとかね」

「それにしても、学校の階段から転がり落ちるとかありえないから」

「何度も言うけどさぁ、あたしは自分で落ちたんじゃないんだって‼　誰かが背中を押したんだって」

「ハァ～？　誰がそんなことすんのよ！　でも、よかったじゃん。死ななくてさ！」

「何それ、マジで笑えないから！」

友達にからかわれて不快そうな声を上げる先輩。

包帯を巻いた先輩の向かい側に座っているのも、クレープ屋さんで一緒にいた人だ。

「でもさ、あたしもこないだ危ないところだったんだよね」

「何が？」

「靴の中に画びょうが入っててさぁ～！　あと少しで足の裏に刺さるとこだったし」

「マジ～？　誰かに恨まれてんじゃない～？」

「まさか」

ハハッと笑っている二人からそっと視線を外そうとした瞬間、包帯を巻いた先輩と目が合った。

ハッとしてすぐにそらそうとしたものの、遅かった。

「ねぇ、アンタって前に神条セイラと一緒にいた子だよね？」

「……はい」

冷たい視線を投げかけられて蛇に睨まれたカエルのように小さくなる。

「あの子って、ヤバい子？」

「え……？」

先輩の言葉の意味がよく理解できずに黙り込む。

するとと「あっ、アンナ先輩だぁ～！」と明るい声がした。

声の主の蘭はあたしの前の席にラーメンの乗ったおぼんを置きながら先輩たちに向き直った。

「ていうか、先輩、その包帯どうしちゃったんですか？」

「まぁちょっといろいろあってね」

「へぇ～！　大丈夫ですかぁ？」

包帯を巻いた先輩はどうやら蘭の知り合いらしい。

「あっ、ていうか真子と先輩たち、なんの話してたんですか～？」

蘭の言葉にアンナ先輩が険しい表情になる。

「あぁ、そっか。蘭もアイツと同じクラスか。今さ、神条セイラの話をしてたんだよね」

「セイラの？」

「そう。アイツさ、マジでうちらのことナメてんの」

「え？　どういう意味ですか？」

蘭が不思議そうに聞き返す。

「文化祭のミスコン一方的に辞退したから、もう一回誘ったらアイツなんて言ったと思う？　『あたしはブスが企画したミスコンなんて出たくない』だからね。ふざけんなって」

先輩の言葉に衝撃を受ける。

「ちょっ、ちょっと待ってくださいよ！　セイラに限ってそんなこと言うわけないじゃないですか～！　あの子、打たれ弱くてすぐ泣くし。ねぇ、真子？」

まさかという表情を浮かべる蘭に続いてうなずく。

「嘘じゃないから。だから、一発引っぱたいてやったの。そしたら、すぐに泣き出してさ。崩れ落ちるようにうずくまってたからちょっとやりすぎたかなって思ったの。そしたら、急に立ち上がって倍以上の力でやり返してきたんだから」

「いやいや、そんなことするはずないじゃないですか！　しかも、先輩たちに！」

「したから言ってんでしょ？　マジでアイツ、ヤバいよ。それにさ……」

アンナ先輩は一度考えるようなそぶりを見せた。

「このケガ、階段から落ちてできたんだけどさ。その時、一瞬だけあの子が見えた気がしたんだよね。気味悪い笑みを浮かべてる神条セイラが」

先輩はそう言ったっきり黙り込んでしまった。

あたしたちのまわりだけシーンっと静まり返ったような気がした。

「先輩ってば階段から落ちて頭おかしくなっちゃったのかな～」

学食を出ると蘭は呆れたように笑った。

「セイラが先輩のこと階段から突き落としたとでも言いたかったのかね。自分で足を滑らせて落ちたっていうのがよっぽど恥ずかしかったのかも」

「ねぇ、蘭」

「ん～？」

「もしかしたら、本当にセイラかもしれないよ」

「……ハァ～？　真子ってばなに言ってんのよ～！」

「蘭は見たんでしょ？　セイラがあたしの机にマジックで落書きしたところ」

「あぁ、あれ。見たよ」

「何か感じなかった？」

「何かって……。セイラがキレたんだな、とは思ったよ。まぁうちらもいろいろセイラに嫌がらせしてたじゃん？　多少やり返されても仕方がないよ。それに、抵抗してきたほうが面白いじゃん。次は抵抗できないぐらいキツイことやってやろうよ」

蘭の言葉に首を横に振る。

「そうじゃなくて。セイラってそういうことする子だったっけってこと」

能天気そうに答える蘭にイラついて口調が荒くなる。

「どういう意味？」

「だから、あたしにしたこともそうだし、先輩に暴言とか暴力とか振るう子だったっけってこと」

中学時代からセイラは人を傷つける行為や行動をとることはなかった。

女子から無視されても悪口を言われても、言い返すことはせず黙って自分の席に座り本を読んでいるような子だった。


そんなセイラがどうして……？

「真子に裏切られておかしくなっちゃったんじゃない？」

「……え？」

「だーかーら、親友の真子に無視されたり嫌がらせされたり暴力振るわれたりして精神的に相当傷ついたってこと。セイラって元々繊細そうじゃん？　心が壊れたら誰だっておかしな行動取ったりするって」

「……あたしのせい……」

「そりゃそうでしょ～！」

当たり前のように答える蘭に憤る。

「あっ、何その顔。なんでニラむのよ」

蘭が不愉快そうに眉間にしわを寄せる。

「なんかすごい嫌な言い方」

「えー、なんであたしが責められてんの？」

「別に蘭を責めてるわけじゃないけどさ」

「だったら、なんでそんな顔してんの？　真子って思ったこと全部顔に出るから気をつけなよ？　セイラにもそういう気持ち伝わってたんじゃないの～？」

蘭ってこういう子だったっけ。

いつもは明るくてハキハキしたしゃべり方の蘭に好感を持っていたけれど、今日は違う。

嫌味ったらしくて無神経な物言いに苛立つ。

「てかさぁ、そもそもセイラのことハブろうって言ったのも真子だからね」

蘭の言葉が胸に刺さる。確かにあたしが蘭にそう提案した。

「だって……」

ハルトとセイラとの三角関係になり、怒涛《どとう》のように日々が過ぎていった。

小さな不満が募りに募って爆発し、あたしはセイラから距離を置くことにした。

ううん、それだけじゃ満足できずに蘭を利用してセイラを苦しめようとした。

今、冷静になって考えるとあたしは自分でも信じられないぐらいひどいことをセイラにしてきた。

「そんな暗い顔しないでくんない～？　こっちまでテンション下がるから。それにさ、あたし言ったじゃん。あとで後悔しても知らないからね、って。で、真子ってばなんて答えたか覚えてるわけ？」

蘭の問いかけに心の中で答える。

——後悔なんてしないから。

確かにあたしはそう答えた。

あの時は確かに、絶対に後悔なんてしないと思うぐらい、セイラが憎かったから。

どうにかしてセイラを傷つけボロボロにしてやりたいと思っていた。

教室に戻ると、セイラは自分の席に座り本を読んでいた。

セイラに首を絞められたあの日以来、あたしはセイラに近づくことはおろか目も合わせていない。

できるだけ関わらないように学校生活を送っている。

正直、セイラが怖かった。

まるで人が変わってしまったかのような口調も態度もセイラのすべてに恐怖を感じていた。

セイラが時々投げかけてくる視線も完全にシャットアウトした。

でも、セイラが間合いをはかってあたしに声をかけてこようとしていたのも知っている。
それに気づかぬふりを続けた。
もうかかわり合いたくない。それが本音だった。

五限は古典の授業だった。
黒板に書かれる古文の訳を必死にノートに書き写している時、スマホが震えた。
ちょうど先生は板書するのに必死だ。
先生に気づかれないように机に隠すようにスマホを取り出して画面をタップする。

【真子、久しぶり〜！　てか、なんで同窓会来なかったの〜？　久しぶりに会いたかったんだけど！】

中学時代の友達のみっちゃんからのメッセージだった。

【ごめん！　あたしもみっちゃんに会いたいよ】
【じゃあ、今日の放課後会わない？　ちょっと話したいこともあるから】
【オッケー！　じゃあ、駅前で待ち合わせね】

中学時代の友達と会うのは久しぶりだ。

きっといい気分転換になるはずだ。

あたしは心を躍らせながら放課後を待った。


「真子、ちょっと痩せたんじゃない？」

「そんなことないよ」

「とかいって、本当はダイエットしてんでしょ〜！」

「ダイエットはずーっとしてるけど」

「ふふっ、あたしも〜！」

駅前で待ち合わせして近くのファストフードにやってきたあたしたち。

久しぶりに会ったみっちゃんとの話は尽きない。

中学時代と変わらぬ明るいみっちゃんに、なぜかホッとする。

「あっ、てかさ、真子って……まだ神条さんと仲よくしてるの？」

「え……？　なんで？」

みっちゃんの口から出たセイラの名前にドキッとする。

「……真剣な話、していい？」

「そんなに改まって言われると怖いんだけど」

ポテトを口に運ぶのをやめてまっすぐあたしを見つめたあと、みっちゃんは口を開いた。

「神条さんって……ちょっとおかしいよ」

みっちゃんの言葉に全身の血の気がスーッと引いていくのを感じる。

「おかしいって……どういうこと？」

「なんていうか……うまく口には出せないんだけど。でも、普通じゃない。真子、本当に気づいてないの？」

「それは……」

少し前からセイラに対しての違和感は抱いている。

ううん、違う。その違和感は膨れ上がり、あたしはセイラという存在に恐怖すら抱いている。

人が変わってしまったかのように攻撃的になるセイラをあたしは目の前で目撃した。

あのアンナ先輩ですら、セイラに恐怖を抱いている様子だった。

「ていうか、どうして急にみっちゃんてばそんなこと言うの？　セイラとなんかあった？」

「じつはさ、……同窓会の日、神条さんがカラオケボックスに来たらしいの。まだお店には幹事の子たちしか来てなかったんだけど……その子たちに『あたしをハブるなんて、あとでどうなっても知らない』って脅したって」

セイラが……脅しに……？

まさか……。

以前、あたしがセイラに同窓会の話をしたから？

確かに日程も場所も何気なく話した。

それでわざわざ行ったっていうの……？

「確かに誰も神条さんに同窓会の連絡しなかったわけだし、そのことで怒るのはわかるの。でも、わざわざ店に出向いて脅すようなこと言ったりするのっておかしくない？　中学時代、みんなに嫌われる原因を作ったのって神条さんのほうなのに」

「そんなことって……あった？」

「真子には詳しく言ってなかったけど、神条さんってみんなの彼氏に色目使って手出したりしてたよ」

「まさか」

みっちゃんの言葉に苦笑する。

確かにセイラはハルトに色目を使って手を出した。

でもそれは、あたしがセイラからハルトを奪ったことを知ったせい。中学時代、セイラからそういう様子は感じられなかった。

「セイラってそういうタイプじゃなかったでしょ？　みっちゃんってば噂信じすぎだって。みんなに好かれてはいなかったけど、誰かの彼氏にちょっかい出したり、色目使ったりなんてありえないよ」

「真子は気づいてなかったんだって。神条さんの裏の顔に」

「裏の顔？」

「あたしだって見たよ。隣のクラスの女の子の彼氏と放課後キスしてるところ」

「そんな……」

「神条さんって可愛いから、どんな男でも落とせたんじゃない？　噂は一気に広がって女子の敵ってみなされて、みんなから距離置かれてた」

「確かに……そういう噂はあったけど……でも、まさか……」

「あたしは嘘ついてないよ？　それにね、彼氏取られた女の子が神条さんに文句言いに行ったらなんて言われたと思う？　『アンタがブサイクだからでしょ？　あたしのせいにしないで』って言ったって」

　顔中の筋肉が小刻みにけいれんする。

「中二になって真子と仲よくなってからは、そういうことは一度もなかったみたいだけど。だから、真子は知らないのかもしれないけどこれは真実だから。中一の時に同じクラスだった子や神条さんのしたこと知ってる子は、心底神条さんのことを嫌ってた」

「それに」とみっちゃんはつけ加える。

「そういう攻撃的なところがあったかと思えば、オドオドしてて大人しい一面もあったりして……。あまりの変貌ぶりにみんな神条さんをどう扱ったらいいのか困ってたし、恐怖を感じてた」

「そんなことが……」

「中学時代、何度も真子にこの話しようと思ったよ？　でもさ、真子は神条さんとすごい親しくしてたし、真子と仲よくなってから神条さん落ちついてるみたいだったから何も言わなかったの。でも、この間の同窓会も様子がおかしかったみたいだし。それにね……気になることがあって」

「気になること？」

「中学時代に彼氏を取られてから神条さんに嫌がらせをしてた隣のクラスの女の子が夜道で襲われたり、悪口を言った子の家の物置が燃やされたり、自転車のサドルをナイフで切り裂かれたり……。変なことが続いてる」

「それをみっちゃんはセイラがやったと思ってるの？」

「思いたくはないけど、その可能性もあると思う。神条さんと仲のいい真子にこんなこと言いたくないけど、あの子ヤバいよ。早く離れたほうがいい」

みっちゃんは真剣そうな表情を崩すことなく忠告した。

みっちゃんと別れてからもたとえようのない恐怖が募っていた。

歩きながら何度も振り返る。後ろを歩く人に怪訝な表情で見られてもその衝動は止められなかった。

凶器を持ったセイラが後ろにいて、頭を殴られたり刺されたりするのではないかという妄想が頭に広がる。

みっちゃんの話はきっと嘘ではない。

あたしの身を心配して連絡をくれたに違いない。

「ハァ……」

頭の中がグチャグチャだった。

あたしはいったいセイラの何を見ていたんだろう。

何を知っていたんだろう。

そういえば、セイラはあたしの話をよく聞いてくれた。

だからあれこれとセイラに話した。

でも、逆にセイラはどう……？

セイラの家がお金持ちということぐらいしか知らない。

セイラは自分の話をほとんどしなかった。

全身が鉛のように重たかった。

さまざまなことを知り、自分の中の許容量を超えてしまったようだ。

ゆっくりとした歩調で歩みを続けていると、ポケットの中のスマホが鳴り始めた。

「もしもし？」

耳に当てると、

「あっ、真子～？　お母さん。今すぐ帰ってきて‼」

母は急かすように言った。

「もしかして、何かあったの⁉」

慌てて聞き返す。

「そうじゃなくて！　セイラちゃんがうちに来てくれてるから」

――セイラが⁉　どうしてうちに……⁉

言いようもない不安が全身に込み上げてくる。

母の言葉に答えることなく、あたしはスマホを握りしめて駆け出していた。

「――ただいま‼」

アパートの階段を駆け上がり、玄関扉を開けると急いで革靴を脱ぎ捨てる。

転がり込むように部屋の扉を開けると、その光景に目を見開いた。

「何……してんの？」

食卓を取り囲む両親と弟たち。その中にセイラの姿があった。

「真子ってば、どこ行ってたのよ～！　セイラちゃん、真子が帰ってくるまでってって待っててくれたんだから。ほらっ、早く手を洗ってきて。みんなで食べましょう」

母はテキパキと料理を温め、キッチンを動き回っている。

「なんなのよ、これ……」

恐る恐るセイラに視線を向ける。

セイラってば何を企《たくら》んでいるの……？

「真子……おかえり……。ごめんね、急に」

警戒しているあたしとは逆に、セイラは申し訳なさそうに謝った。


食事を終えてからもセイラが攻撃的な様子を見せることはなかった。

なんなのよ、これってどういうこと？

頭の中は爆発寸前だった。

セイラは我が家に溶け込み、食事をした。

あたしの首を絞めた時と同一人物とは思えない。

控えめで大人しくて清楚なセイラ。

あたしがずっと前から知っているセイラの姿。

みっちゃんの言う表の顔。

あたしにされたことも、したこともすべて忘れているかのようなその態度に恐怖が募る。

やっぱりセイラはおかしい。

みんなの言葉は正しい。

とにかく、セイラがこの場にいる間はもめごとなど起こさないようにしよう。

そうしないと、あたしだけでなく家族にまで危険が及ぶことになる。

「うちじゃ落ちついて話もできないしさ、外に出ない？」

笑顔を浮かべているはずなのに、目の下が引きつる。

「あっ、うん」

弟と一緒に折り紙を折っていたセイラは柔らかい笑みを浮かべてバッグを手に立ち上がった。

「おじゃましました。お食事、とってもおいしかったです。ごちそうさまでした」

「そんな！　またいつでも遊びにおいでよ～！」

「ありがとうございます。失礼します」

玄関先でお行儀よく丁寧に頭を下げるセイラは、やっぱりあたしがよく知っているセイラだった。

「ついてきて」

あたしは玄関の扉が閉まるのを確認すると、セイラと目を合わさずアパートの階段を駆けおりた。


「……なんで急に来たの？」

近くの公園にやってきてブランコに乗る。

キーキーッとうるさく鳴る音が、真っ暗な公園の中に響く。

「ごめんね……。突然、迷惑だったよね……」

セイラの言葉になんて返したらいいのかわからない。

気まずい空気が流れる。

「あのね、真子には先に言っておこうと思って」

「……何を？」

「じつはね、私……引っ越すことになって」

「そう……なの？」

「うん。急きょ決まったの。前からこうなるような気もしてたし、心の準備はしてたつもりなんだけどね」

セイラが引っ越す？　思いがけない事態に動揺を隠しきれない。

ちらりとセイラに視線を向ける。

少し寂しそうに目線を足元に落とすセイラからは攻撃的な様子はうかがえない。

どうして……？

今のセイラが表の顔なら、裏の顔はいったいいつ出現するの……？

「引っ越し先ってどこなの？」

「海外になりそう」

「……そっか」

「真子と離れるの……本当はすごい嫌なの」

セイラはそう言うと、ボロボロと涙をこぼした。

「真子だけだったから。私のことちゃんと友達だって言ってくれるの。親友って言ってもらえて本当にうれしかったし、私は今も真子が親友だって思ってる」

「うん……」

胸がチクリと痛む。

あたしはセイラにひどいことをたくさんした。

それなのに、セイラは懲りずにあたしを今も親友だと言ってくれる。

喉の奥がキュッと詰まったような息苦しさを感じた。

自分が何かとんでもないことをしてしまったのかもしれない、という後悔が波のように訪れる。

それと同時に必死になって自分に言い訳を繰り返す。

悪いのはあたしじゃない。セイラのほうだ。

「私ね、真子に話しておかないといけないことがあるの。この話を聞いても信じてもらえないかもしれない。でも、私は真子に真実を――」

セイラが何かを言いかけた瞬間、「痛い……っ、頭が……頭が……」セイラはブランコから転がり落ちてその場にうずくまった。

「セ、セイラ……!?　どうしたの、ねぇってば！」

ブランコから飛び降りて頭をかかえているセイラの肩をゆする。

「真子……助け……て」

「セイラ!?　大丈夫!?」

顔を歪めながら必死に手を伸ばしてきたセイラの手をギュッと握った瞬間、セイラの体から力が抜けた。

だらんっと地面に落ちるセイラの手のひら。

「セイラ？　セイラってば！」

もう一度肩を大きくゆすると、セイラはパッと顔を持ち上げた。

そしてあたしのほうにゆっくりと顔を向けた。

「……ひっ‼」

セイラは笑っていた。

口の端だけをわずかに持ち上げて喉を鳴らして楽しそうに笑っていた。

「ふふっ……」

「セイラ……？」

「アンタとセイラのお涙頂戴の別れなんて、あたし見てられないから。あぁ、白々しい。バカみたい」

呆れたように笑うと、セイラはそのまま立ち上がり、ポンポンッとお尻についた汚れを払った。

顔はセイラなのに、表情が違う。

セイラはこんな邪悪そうな顔などしない。

話し方や雰囲気がまるでセイラとは違う。

頭が混乱する。これはどういうこと？

「その顔、まだわからないわけ？　バカすぎて笑えるんだけど」

「セイラ……じゃないの？」

「セイラって言えばセイラだけど。この体はセイラのもの。でも、もうすぐこの体はあたしだけのものになるの」

「アンタ……誰？」

「あたしはリカ」

「リカ……？」

「そう。セイラの中の別人格ってやつ」

リカはそう言うと、ケラケラと楽しそうに笑った。

「セイラの別人格……」

昔、聞いたことがある。

二重人格というものがこの世には存在すると。

同じ人間の中に二つの人格が存在し、ある時に言動がまったく違う別人になり、時間がたてばまた元の人格に戻る。

まさか、セイラがそうだっていうの……？

でも、もしそうならば今までのことすべてに説明がつく。

「そう。アンタには何度か会ってるのに、全然気づかないんだから呆れちゃう。セイラのこと親友だって言ってたくせに、なんにもセイラのこと知らないんだね。薄情者の裏切り者！　アンタの腹黒さにはさすがのあたしも驚きよ」

リカの言葉に目を泳がせる。

その言葉が図星だったから。

あたしはいったいセイラの何を見てきたんだろう。

おかしいと思う部分はたくさんあった。

それなのに、それを見て見ぬふりをしてきた。

それどころかセイラを深く傷つけた。

「ねぇ、知りたくない？　あたしっていう存在が生まれた理由」

リカはもったいぶった口調で言った。

リカっていう人格がセイラの中で生まれた理由……？

「こういうのってね、解離性同一性障害《かいりせいどういつせいしょうがい》っていうの」

「解離性同一性障害？」

「そう。幼い頃の心的外傷体験が原因になってる場合があるの。セイラの場合、何だと思う？」

楽しそうに話すリカの目は黒くよどんでいる。

「わからない……」

セイラが苦しいことや辛いことをあたしに相談してきたことはない。

そもそも、セイラが何かに悩んでいたなんて考えつきもしなかった。

お金持ちで親はエリートで勉強もできて運動もできて容姿だって……。

セイラが悩む理由が何一つ見当たらない。

「やっぱりね。アンタはセイラのことを何一つ知らないんだ。じゃあ、教えてあげる。セイラはね、いつも孤独だった」

リカはゆっくりとした口調で語り始めた。


セイラの両親は不仲だった。

ともに忙しく、休みの日に家族でどこかへ出かけた記憶はない。

長期休みに海外へ行ってもセイラは別荘に一人ぼっち。

家族と観光にも行けず、部屋に引きこもる。

両親は顔を合わせれば互いに怒声を浴びせ合い、セイラはそのたびに自分の部屋に飛び込んでベッドにもぐり込み耳を塞いだ。

小学校の時の運動会。

家族揃って校庭でお弁当を食べているのに、セイラの家族は誰も来なかった。

市販されている弁当を持ち込み、先生と一緒に食べた。

『前代未聞でしょ？　どちらの親も来ないなんて。しかも、六年連続。可哀想にね』

六年生の運動会の日、先生たちが噂話をしていたらしい。

授業参観も親子交流会もセイラの親が出席してくれることはなかった。

それどころか入学式も卒業式も仕事が忙しいというのを理由に来てはくれなかった。

リカの人格が現れたのは、セイラが幼児園の時。

セイラの精神が限界に達した時にだけ、リカはセイラの体を借りて表に出ることができた。


「セイラはね、クリスマスも正月も家族と過ごしたことなんてないの。いつも孤独だった。お金ばっかり与えてもらっても、愛情をもらったことなんてない。あの子、いつも夕飯は外食だったでしょ？　それも仕方がないことなの。だって、夕飯なんてあの家に用意されてるはずがないんだから。もちろん朝食も。だから朝食は決まってコンビニか駅前のパン屋。あの子は家庭料理を食べたこともないの」

リカの話に絶句する。

まさか、セイラがそんな生活をしていたなんて一ミリも考えたことがなかった。

指が震える。あたしは何も知らなかった。

セイラのことを、何一つ。

「セイラはあたしの人格が現れた時、何をしてるのか知らないの。だからあの子、相当傷ついたんじゃない？　親友だと思ってたアンタに突然嫌われて」

「……っ」

「でも、あの子が傷つけば傷ついた分だけあたしがこうやって表に出られるの。だから、セイラを傷つけてくれるようにアンタをわざと煽ったりした」

セイラは……あたしがハルトを好きだったことに気づいていなかった……？

「全部……リカが仕組んだことだったの……？」

「全部、ではないけど。セイラがハルトのことを好きだったのは事実だし。でも、真子が彼を好きだったっていうのは気づいてなかったんじゃない？　あの子、鈍感だし。それに、アンタがハルトと付き合った時に祝福してたのも本当よ。そうだ！　あと一つ、いいこと教えてあげる」

「いいこと……？」

「そう。セイラね、アンタが階段でケガした時、心配になって保健室まで行ったの。そこで何を見たと思う？」

クックッと喉を鳴らしながらリカは心底楽しそうに言った。

「セイラ、見ちゃったの。アンタがハルトとキスしてるところ。でもあの子、アンタに言わなかったでしょ？　どうして言わなかったと思う？」

「それは……」

「それでもセイラは真子との関係を壊したくなかったんだよ」

そんな……。

セイラは全部気づいていた……？

それなのに……。

どうしよう……。

あたしは……とんでもないことをセイラにしてしまった……。

「あの蘭って子と真子がいろいろ企んでたのも全部知ってるんだから。もちろん、セイラは気づいてなかったけど。それにしても、真子……アンタもセイラに負けず劣らず鈍感でバカね。蘭っていう子なんて見るからに信用ができない子じゃない。まぁどうだっていいけど」

「これから……セイラの体を使ってどうするつもり……？」

「とりあえず、今まであたしをイジメたり嫌がらせしてきた奴らに仕返しをするつもり。セイラの精神がボロボロなおかげで、セイラの体を乗っ取れる時間も多くなってきたしね」

「セイラに嫌がらせしたりしてた子のこと……襲ったり、火をつけたり、自転車を傷つけたのもリカの仕業？」

「そう。でも、誤解しないで？　嫌がらせされてたのはあたしだから。セイラは弱虫だから何か辛いことがあるとすぐにあたしに押しつけたの。だから、セイラじゃなくてあたしがやられたの。やられっぱなしじゃいられないし」

「アンナ先輩のこと階段から突き落としたのも……先輩の友達の上履きに画びょうを

入れたのもそう？」

「もちろん。あんな奴に先輩ヅラされるなんてたまったもんじゃないし。もっとうまく落とせばよかった。あんな奴、頭でもかち割れて死んじゃえばいいのに」

ひょうひょうとした表情を崩さず、涼しい顔で恐ろしいことを言うリカ。

すべての点と点が線となって一本に繋がった。

セイラの中にはリカという別人格が存在していたんだ。

保健室でハルトにちょっかいを出していたのも、トイレで首を絞めたのも凶暴で攻撃的な性格のリカだった。

あたしはリカの策略にまんまとハマり、セイラを嫌って傷つけて距離を置いた。

そうすることでセイラは深く傷ついてしまった。

リカが現れることが多くなってしまった原因はきっとあたしにある。

「セイラを……セイラを返して……」

「ハァ？　今さらなに言ってんの？　セイラを疎ましく思ってたくせに、今さら都合よすぎない？」

「わかってる。都合がいいことぐらい。でも、ようやく目が覚めた。セイラの大切さに……。だから――」

「ふふっ。セイラの心配より、自分の心配したほうがいいんじゃない？」

「どういう意味……？」

「真子の家に行った時の人格、あたしだから。それとね、手土産にデザートを持ってたの。今頃、真子の家族は食べてるんじゃない？」

薄気味悪い笑みを浮かべているリカに背筋が凍る。

「まさか、アンタ……」

「セイラは真子のことを親友だって思ってるけど、あたしは違うから。あたしの復讐対象リストに入ってる。ほら、早く戻ったら？　あたし、これから最後の大仕事があるの」

リカの言葉を最後まで聞くことなく、駆け出した。

お願い、無事でいて――!!

お願いだから、無事でいて――!!

アパートの階段を駆け上がり玄関扉を思いっきり開ける。

「お母さん!!　お母さん、どこにいるの!?」

靴を脱ぎ捨ててリビングに向かうと、両親と弟たちがシュークリームを食べ終えたあとだった。

「まさか……そんな……間に合わなかったなんて！　ダメ、早く出して!!　そのシュークリームには毒が入ってるの!!　お願いだから、早く――!!」

「やめなさい‼」

弟たちの口に指を突っ込もうと必死になるあたしを母が一喝する。

「ちょっと、真子！　何をしているの⁉」

「だって、だって……‼」

「まったく、どうしちゃったのよ」

母は、その場にヘナヘナと座り込んで涙を流すあたしの背中をそっと撫でる。

「セイラちゃんとはちゃんとバイバイできたの？」

母の言葉に放心状態になる。

「えっ？」

「明日が引っ越しなんて驚いたよ。セイラちゃんも辛いだろうね。両親の離婚が正式に決まってすぐに一人で海外留学なんて」

母の言葉がうまく頭に入らない。

「セイラの両親が離婚……？」

「うん。元々仲が悪かったんだってね。だから、うちみたいな家庭に憧れるって。たくさんの兄弟がいる真子が羨ましかったって、いつもうちに来ると言ってた」

「ちょっ、ちょっと待って！　セイラがうちに来てそんなこと言ってたことあった？」

驚きに涙が止まる。

「セイラちゃん、何度もうちに来てるの。真子に内緒にしててほしいって言われてたんだけど」

セイラが……あたしのいない時にうちに来た……？

「セイラちゃんには感謝してもしきれないよ。お父さんが仕事を探してるのを知って、条件のいい会社を数社紹介してくれてね。『コネだと嫌だと思うので、あとはお父さんの頑張り次第です』って。昨日、一か所から正式に正規雇用してくれるって話をもらえたところなのよ」

「嘘でしょ……」

「お母さんのパート先も決まったんだよ！　ここから徒歩で行けるの。オープニングスタッフの募集をセイラちゃんが調べて教えてくれて。しかもね、そこのパート先、病児保育もしてくれるから子供たちが具合が悪くなっても保育園を休まずにすむの」

母はうれしそうに微笑む。

「真子はセイラちゃんと中学からの親友だもんね。セイラちゃん、今が一番苦しい時だと思うよ。だから、今度はちゃんと真子が支えてあげなさい」

母はまっすぐあたしの目を見つめた。

シュークリームを食べたはずの家族に異変は見られない。

まさか――。あたし、リカにハメられた――？

「――ちょっと出かけてくる‼」

あたしは勢いよく立ち上がると、駆け出した。

まだセイラ、ううん、リカは遠くへは行っていないはずだ。

お願いだから間に合って。

あたしはアパートの扉を力いっぱい開けると、外に飛び出した。

最終章

目撃

『お客様のおかけになった電話番号は電波の届かないところにあるか電源が入っていないためかかりません』

セイラのスマホに電話をかけても応答はない。

リカの最後のセリフが思い起こされる。

『あたし、これから最後の大仕事があるの』

最後の大仕事っていったい何？

リカは自分を苦しめていた人たちに仕返しをしていた。

自分が傷つけられた分、やり返していた。

リカを一番傷つけていたのはいったい誰……？

そして、セイラにとって大切な人は……。

そもそも、リカはセイラという人格を消し去り、その体を乗っ取ろうとしていた。

リカが表に出てこられるようにするには、セイラを深く傷つけること。

そうすることによってセイラは無意識にリカを表に出し、自分はこれ以上傷つかな

いように と、そっと自分の殻に閉じこもろうとする。

だとしたら、次に危ないのは……セイラの両親……？

離婚することが決まっているとはいえ両親を失えば、セイラはさらに路頭に迷う。

住む場所も、何もかも奪われてしまう。

全速力で走り続けているせいで、わき腹が痛い。

息が苦しい。

でも、それ以上に胸が痛くて苦しかった。

あたしはなんてことをしてしまったんだろう。

そんな後悔ばかりが募っていく。

おかしいと思う点はあった。

アンナ先輩たちにバカにされたあの日、クレープ屋さんでセイラは普段頼まないバナナのクレープを注文していた。

セイラは昔からバナナが苦手だったのに。

髪を一つに束ねているのも、リカの人格の特徴だった。

自分のことを普段『私』というセイラが『あたし』と口にすることもあった。

おかしいと思って話を聞いてあげていたら、何かが変わったの……？

頭痛がひどいとか、夜に悪い夢を見るって言っていたのも、リカが原因なのかもしれない。
あたしに何ができたんだろう。
今となってはわからない。
「お願い……。もう一度……セイラに会わせて……」
セイラがリカの人格になる前、何かを言いかけていたのが気になる。
あたし、まだセイラに謝っていない。
お願い、間に合って――。
リカにセイラを奪わせたりしない――。
高層階のオートロックマンションについた。
前に立っていた住人と一緒に自動ドアをすり抜けて、最上階へ向かう。
【神条】
表札のついている一番奥の部屋のチャイムを恐る恐る指で鳴らす。
『ピンポーン』
中からチャイム音が響く。
でも、なんの返答もない。
まさかもう引っ越したってことはないよね……？
心臓がドクンドクンッとけたたましい音を立てて鳴り続ける。

震える手で玄関ドアにそっと手をかけて引く。

「嘘……」

開いてる。

扉はあっけなく開かれ、あたしは暗い室内を覗き込んだ。

「すみません。誰か……いませんか……?」

不気味にシーンッと静まり返った室内に足を踏み入れる。

セイラの家の前まで来たことはあるけれど、部屋に入ったのはこれが初めてだ。

「おじゃま……します」

扉を後ろ手で閉めて玄関先で靴を脱ぐ。

真っ暗で何も見えない。

仕方なくスマホを取り出して足元を照らす。

ツルツルと滑る廊下をゆっくりと歩く。

全面大理石でできているようだ。

足の裏がひんやりとして全身に鳥肌が立つ。

心臓の音がさらに大きくなった。

「セイラ……?」

名前を呼びながらまわりの物音や気配に気を配る。

もしも、人格がリカのままだったら後ろから襲われてもおかしくはない。

ぞくっと背筋が冷たくなる。

廊下には扉がたくさんあり、どこに繋がっているのか予想もできない。

仕方なく突き当たりのスライドドアを開けた。

その瞬間、中から異様な臭いが鼻についた。

「なんの臭い……？」

湿った生ぬるい風に乗って鼻腔に広がる強烈な鉄のような臭いに顔を背けたくなる。

スマホで部屋の中を照らそうとした瞬間、パッと部屋の電気が灯った。

その瞬間、視界に飛び込んできたのは、地獄絵図そのものだった。

「い、いやぁぁあぁ――――――!!」

持っていたスマホが手から離れて大理石の床に転がり落ち、ガシャンッと嫌な音を立てる。

部屋の中は血の海だった。

床にはセイラのお父さんとお母さんと思われる人物が横たわっている。

すでに事切れているであろう二人は苦しみに暴れ回ったのか、それぞれ別々の場所に倒れていた。

腹部からはソーセージのような腸が飛び出ている。

臭いの原因は二人の血液や体液だったことがわかり、喉の奥から胃液がせり上がってくる。

「うぅ……ハァハァ……」

必死に両手で口を覆い吐き気をこらえる。

リカの仕業に違いない。

まさか、人を殺すなんて――!!

床に転がるスマホを掴み上げ、画面をタップする。

「いやっ……どうして……どうしてこんな……」

パニック状態になっているせいか指先が震える。

今すぐ警察に電話をしなくちゃ――!!

慌てふためきながら網状に割れてしまった画面上に一一〇を表示させた時、ハッと我に返る。

でも、それじゃ両親を殺したのはセイラってことになってしまう。

本当はセイラじゃないのに……、それなのに……。

「真子、いらっしゃい」

すると、キッチンのほうからにこやかな表情でリカが現れた。

制服のYシャツは返り血でひどく汚れていた。

濁った真っ黒い瞳でその場に座り込んでいるあたしを見つめる。

「どうして……、どうしてセイラのお父さんとお母さんを……‼」

「どうして？　セイラだってこれを望んでいたはずだし」

「セイラがそんなこと望むはずがない‼」

「まぁどちらにしろ、もう真子がセイラに会えることはなくなったね」

「どういうこと……？」

「セイラにとって大切なのは、金はくれるけど愛情はくれないこのろくでもない両親とアンタだけだから」

「え……？」

リカはにっこりと笑った。

その目は恐ろしいほどに冷たかった。

「計画どおりだったわ。真子があのボロアパートに戻ってる間に、セイラの両親を殺せたんだから。それで次はアンタの番。アンタが死ねばもうセイラには生きている理由がなくなる。大丈夫よ。真子と両親が死んだら、一度セイラにこの体は返すから。でも、きっとそれを見たら悲しみと絶望と恐怖でもう二度と出てこられない。あたしはセイラではなくリカとして、これからは自由に生きるの」

「そんなことさせない……」

「なに言ってるのよ。裏切り者の腹黒女のくせに」

吐き捨てるように言ったリカの言葉はあたしへの憎しみで溢れていた。

「……そうだね。あたしが悪かった。セイラを傷つけた。もう遅いかもしれない……。でも、あたしはリカをこのままにしておくことなんてできない。アンタはセイラの代わりにはなれない。アンタはずっとセイラの影の存在なんだから！」

「うるさい‼　ガタガタ言わずに、今すぐ死ね‼」

リカはあたしの髪を掴むと、左右に振り回して勢いよく手を離した。

ものすごい衝撃とともに体が大理石の床の上を滑る。

「ひっ‼」

次の瞬間、目を見開いて歯をむき出しにしたセイラのお父さんの遺体のそばまで弾き飛ばされていた。

あたしは慌てて立ち上がったものの、両手にも制服にも二人の真っ赤な鮮血がついてしまった。

恐ろしかった。

心臓は破れそうなほど大きく鳴っている。

呼吸が荒くなり、自然と涙が零れる。

「やめて‼　お願いだからセイラを返して‼」

リカはあたしに近づくと「いーやーだ」と耳元で囁いてニヤリと笑った。

そして、あたしの髪を再び掴むと、力いっぱい引っ張りバルコニーに向かった。

「痛い……お願い‼　やめて……‼」

リカのどこにこんな力があるのかわからない。

あたしが暴れてもお構いなしに余裕な表情を浮かべるリカ。

「ナイフ使うのも疲れちゃったから、ここから飛び降りて死んでもらうね。セイラに何か言い残すことある？」

クックと喉を鳴らして笑うリカに向かって叫ぶ。

「セイラ！　セイラ！　お願いだから目を覚まして――！」

「何度呼んだってムダだから。セイラにアンタの声は届かない」

リカはそう言うと、必死で抵抗するあたしを広いバルコニーに押し出して首に手を伸ばした。

「抵抗しなければすぐに楽にしてあげる」

リカはそう言うとあたしの首を絞めた。

両手で締め上げられ喉の奥が詰まる。

「やめて、セイラ……セイラ……お願い……目を覚まして‼」

そう叫んで必死にセイラに手を伸ばした時、セイラの髪のピンが地面に落ちた。

ゴールドの星のヘアピン。

リカが地面に視線を走らせた。

その瞬間、首を絞めていたセイラの手から力が抜けた。

「……真子……？」

「セイラ……？　セイラなの……？」

「私、いったい真子に何をしていたの……？」

ハッとしたようにあたしから手を離して自分の手のひらを見つめるセイラ。

「ど、どうして真子がうちに……？　それにどうしてそんなに血だらけなの？　真子、ケガしたの？　どうして……？」

混乱している様子のセイラがあたりをキョロキョロと見渡した時、リビングで倒れている両親の姿に気がついた。

「いや……いや……どうして……何があったの……？　どうして私も血まみれなの。手も制服も……いったい何が……？」

我を忘れてしまったセイラの体をギュッと抱きしめる。

「セイラ……ごめん。本当にごめん。あたし……なんて謝ったらいいのか……」

「真子……？　どうして謝るの……？　どうなってるの……？」

「セイラのせいじゃないから。大丈夫。大丈夫だよ」

震えるセイラの小さな体をギュッと抱きしめながら安心させようと言葉をかける。

しばらくすると、セイラは落ちつきを取り戻していた。

そして、「私がやったのね」とすべてを悟ったかのようにポツリと呟いた。

「記憶がなくなることが昔からあったの。最初は両親がケンカをしている時。最近は頭痛が激しくなってめまいがすると、必ずそのあとの記憶がなくなってるの」

「セイラ……」

「前から……おかしいと思ってたんだ。前の日まで普通に接してくれた子が手のひらを返したように悪口を言ってきたり、私に身に覚えのないことで私を非難してきたり。男好きって噂を立てられたりもした……」

セイラはその噂を知っていたんだ。

「私は誰かの彼氏を取ろうとしたこともないし、そんなことした記憶もないの。でも、夢で見たことはあった。私が男の子にちょっかいを出したり、誘惑したりしてるの。断片的にだけどなんとなく覚えてる」

絶望している様子のセイラの目は潤んでいる。

「人に暴力を振るった夢を見たこともあった。それも夢じゃなくて現実だったのね。目を覚ました時、右手の甲が赤く腫れている時があったから……。私は人を傷つけたの。怖い。私……自分自身が怖くて仕方がない。このままじゃ、また誰かを……」

頭をかかえながら涙をこぼすセイラをどうやって励ませばいいのかわからない。

「お願い、真子。今までに起こったこと……私に全部話して？」

「うん……。わかった」

セイラに頼まれて、あたしは今まで起こった出来事をすべて洗いざらい話した。

あたしがハルトを入学式から好きだったこと。

そのあと、セイラが付き合ったこと。

その時に感じていた感情も隠すことなく話した。

嫉妬、憎しみ、怒り、妬み、ヒガミ。

真っ黒い感情を抱いていたこともすべて。

そして、セイラの中にいるリカという存在のことも。

「怜音先輩に振られたのも……そのせいだったんだ」

セイラはポツリと漏らした。

「どういうこと？」

「先輩とはうまく付き合ってると思ってたんだけど……。アンタみたいな男と付き合ってても楽しくないとか……いろいろ私に言われたみたいで。きっとリカは私と先輩を別れさせようとしてたんだね。それを私は知らなかったから、『あんなひどいこと言っておいて、よく平気な顔でいられるな』って言われちゃった」

確かに蘭から以前聞いていた。

先輩とセイラが別れたという話は。

でも、それもリカの仕業だったんだ。

リカは自分がセイラを乗っ取るためには手段を選ばなかった。

「ごめんね……セイラ……。あたし……セイラにひどいことたくさんした……」

謝ることしかできない。

あたしは最低最悪な行為をしてセイラを傷つけた。

励ましてあげる権利なんて今のあたしにはない。

セイラは首を横に振った。

「真子が悪いんじゃない。私と……私の中にいるリカという人格が悪いの」

セイラはポロリと涙を流した。

「うちの両親はね、お金ならいくらだってくれたの。だけど、愛情は一つもくれなかった。いつも一人ぼっちで不安で孤独で……。生きていることが辛かった」

「うん……」

「学校でも、リカがいろいろな悪さをしたんだね。私のまわりにはいつも誰もいなくて……。でも、真子だけだった。私に声をかけてくれたのも、親友だって言ってくれたのも。本当に本当にうれしかった。だから、真子が私といることで劣等感を抱いているなんて知らなかった」

セイラは話してくれた。

放課後、あたしをご飯に連れていってくれたのは自分のためだったと。

一人で食べる夕食は大っ嫌いだった。

でも、あたしと一緒に食べるとおいしかったと。

「今日、真子の家でみんなでご飯を食べられて……本当に幸せだったよ。今まで生きてきた中で一番楽しい夕飯だった」

セイラは涙を流しながら幸せそうに微笑んだ。

「セイラ、ごめん。あたし……あたし……」

セイラにつられて涙を流す。

あたし、本当に最低最悪だ。

自分のしてしまったことへの後悔で胸がはちきれそうになる。

「真子、お願いだから謝らないで。逆に……私のほうこそごめんね。こんなことに巻き込んでしまって」

「セイラのせいじゃな――」

「真子、今までありがとう。それと、これ。本当はもっと早く渡したかったんだけどなかなかタイミングが合わなくて……」

セイラは震える手でポケットの中から取り出したゴールドの星のヘアピンを取り出した。

それは以前、セイラがあたしのために作ってくれると約束していたピンだった。

「遅くなってごめんね……。もっと早く渡すべきだったね」

セイラはそう言うと、力なく立ち上がった。

「今まで本当にありがとう。私、真子に出会えて本当に幸せだった。親友ができて本当にうれしかった」

「……セイラ？」

涙でグチャグチャの顔で微笑むセイラ。

なんでそんなこと言うの……？

今度はセイラをあたしが支えるよ。

あたしやうちの家族を陰で支えてくれていたように、今度はあたしが。

「私、怖いの……。自分が自分じゃなくなるのが。もう二度と、私は誰かを傷つけたくない」

バルコニーの手すりに両手をかけたセイラ。

今すぐに止めなくてはいけないとわかっているのに、体が動かない。

「ダメ、そんなことしちゃ……」

「私が死ねばもう誰も傷つかない。真子も、他のみんなも」

ふわりとセイラが飛び跳ねた。

左足を腰ほどの高さのバルコニーの手すりにかけて、右足も回す。

手すりに座りながらセイラは振り返った。

「さようなら、真子。これでもう全部終わらせられる」

それがあたしの聞いたセイラの最期の言葉だった。


「――セイラ‼」

ようやく体が動いた。

必死になってセイラに手を伸ばしたのに、寸前のところで届かなかった。

バルコニーの上から覗き込むと、セイラの体が真っ逆さまに落ちていくのが見えた。

真っ黒い巨大な穴に吸い込まれていくようなセイラ。

数秒後、ドスンッという音があたりに響いた。

足の力が抜ける。

バルコニーに座り込み、頭をかかえる。

「あぁ、あぁ……どうして……セイラが……いやだぁ……」

ヒューヒューという自分の喉の音が脳内を駆け巡る。

全身が小刻みに震えて、歯がガチガチと震える。

あたしがコロシタ。あたしがセイラを殺した。

あたしがセイラを追い詰めたから。

セイラの心の傷に気づいてあげられなかったから。

あたしのせいだ。全部あたしのせい。

風に流され、鉄のような血の臭いが再び鼻に届く。

むせかえってしまいそうなほど生ぬるく恐ろしいその臭い。

手のひらにべったりとついたセイラの両親の真っ赤な鮮血。

高層階から真っ逆さまに落ち、地面に叩きつけられたセイラ。

頭は割れ、スイカのように脳みそが飛び出しているだろう。きっときれいなセイラの顔も見る影もないはずだ。

「やだ、やだ、やだ、やだ」

脳内で何か物音がする。

「……やめて……やめてよ‼」

耳元で聞こえると不快になるあの蚊の羽音のような不思議な音。

その音のあとに、聞こえてきたのは人の声だった。

――お前がコロシタ。お前がコロシタ。お前がコロシタ。

「やめて、聞きたくない！　やめてよ‼」

耳を両手で覆ってもその声は絶え間なく続く。
目を固くつぶり歯を噛みしめて必死に耐える。
──コロシタ、コロシタ、コロシタ、コロシタ。
お経のように延々と繰り返されるその言葉。
「やめて、やめてぇぇぇーーーーーー!!」
絶叫すると、スーッと意識が体の奥底に吸い込まれていくのを感じた。
お前がコロシタ。コロシタ。コロシタ。
──アンタがセイラを殺したんだ。
その言葉を最後に、声はピタリとやんだ。
その声に聞き覚えがあった。
今度は、ふふふっ、と誰かが脳内で笑う声がする。
誰……？　その声はいったい誰なの……？
そう問いかけた瞬間、あたしの意識は完全にシャットダウンした。

一か月後

あれから、一か月後。

両親二人を刺殺し、マンションから飛び降り自殺をしたセイラのことは新聞やテレビでセンセーショナルに取り上げられた。

【両親を刺殺後、飛び降り自殺！　部屋には血まみれの親友Aがいた……！】

週刊誌に面白おかしく書かれていた親友Aは、名前こそ出てはいないものの真子で間違いないだろう。

どうして真子が部屋にいたのかはわからない。

でも、あの事件のおかげであたしは一番欲しかったものを手に入れることができた。

そう。ずっと。中学時代からずっと手に入れたかったあの人。

どんな手を使ってでも欲しかった。

初めて入ったハルトくんの部屋。

ベッドに腰かけてうつろな表情を浮かべるハルトくんの背中をさする。

「大丈夫だよ、ハルトくん。あの事件はハルトくんのせいで起こったわけじゃないでしょ～？」

憔悴しきっているハルトくんをあたしは必死に励ました。

弱っている人間はすがりつけるものを求めている。

あたしはそれを大いに利用させてもらうことにした。

ハルトくんは事件後、自分のことを責めていた。

セイラと付き合っている時に真子と浮気をしていたこと。

真子と付き合っている時にセイラと保健室でキスをしたこと。

真子に一方的に別れを告げ、セイラとやり直せるかもしれないという淡い期待を抱いていたこと。

怜音先輩と付き合うセイラを見て、逃がした魚は大きかったと、別れたことを後悔していたこと。

ハルトくんは、ダメ人間だった。

あたしはそれを中学時代から見抜いていた。

でも、そんなダメなところを知った上であたしはハルトくんを愛してた。

ダメな部分まで愛おしかった。

それなのに、ハルトくんは真子に好意を持ち、セイラとまで付き合うなんて。

中学時代から、ありとあらゆる手段を使ってハルトくんを自分のものにしようと考えてきた。

昔から交友関係は広かった。

ハルトくんがインドア派なことを元カノが嫌がっていたのも知っていたし、元カノにイケメンを紹介して浮気をするように促したのもあたし。

ハルトくんのよくない話や悪口を元カノに吹き込んだら、元カノはそれを信じてあっという間に別れた。

だけどハルトくんと同じ高校に入学し、付き合える機会をうかがっていたのに邪魔が入った。

そう。真子とセイラ。

真子がセイラに劣等感を抱いていたことも知ってたし、真子の自尊心を傷つけるようなことを言ってセイラとの仲を滅茶苦茶にしてやろうって思ってた。

あることないこと嘘をついたけど、真子ってば全部信じてたっけ。

女の友情ほどもろいものはない。

いつだって、嫉妬と憎しみをごちゃ混ぜにしたような黒い感情をいつも持っている。

その感情を表に出すか出さないかはその人次第。

「蘭……ありがとう」

ハルトくんは隣に座るあたしをギュッと抱きしめる。

今、ハルトくんがこうやってすがりつけるのはあたししかいない。

ハルトくんはあの事件以来、学校にも通えなくなってしまった。

でも、あの事件が引き金になったわけではない。真子と別れた頃からハルトくんへのまわりの目は確実に変わってしまった。

それもそのはず。セイラと別れてすぐ真子と付き合ったり、真子と別れたらまたセイラと親しくしたり。

ハルトくんの行動に首を傾げる人が多くなった。

もちろん、それは中学時代からの親友だった林くんも同様で、いつしかハルトくんから距離を置き、軽蔑したような目で見つめるようになった。

活発で明るくクラスの人気者だったハルトくんは浮いた存在になり、教室に居場所がなくなった。

そしてついに学校へ通わなくなり、今もこうやって家で引きこもっている。

あたしにとってそれはとても都合がよかった。

もう彼はあたしだけのもの。他の人には絶対に渡さない。

「あたしはずーっとハルトくんのそばにいるから」

あぁ、幸せ。ずっとこうなることを願ってたの。

ハルトくんの気持ちに応えるように、背中に腕を回す。

真子はあの事件以来、一度も学校に姿を見せていない。

親友のセイラをあんなふうに亡くし、両親が惨殺された現場まで見たのだとしたら精神に異常をきたしていてもおかしくはない。

このまま学校を辞めてしまうかもしれない。

でも、そのほうがかえって都合がいい。

ハルトくんだって真子の顔を見ないで過ごしたほうが精神衛生上いいだろう。

まあそれも心配はないだろうけど。ハルトくんだってもう学校へ行けるかどうか定かではないんだから。

でも、大丈夫だよ。ハルトくんにはあたしがいるんだから。

ずっと一緒にいてあげるね。

「ハルトくん、愛してるよ」

「俺も……蘭を愛してる」

ハルトくんからのキスを受け入れて、そのままベッドに倒れ込む。

顔がにやけてしまう。

真子とセイラの犠牲の上に成り立ったこの恋に罪悪感なんてみじんも覚えない。

結局、うまくやった者勝ち。

あたしはハルトくんの背中に腕を回して甘い時間を過ごした。

ボタボタッとピンポン玉ほどの雨粒が地面を叩いた。

空は灰色になり、雷の音もする。

「傘持ってないし。マジ、最悪」

ポツリと呟きながらハルトくんの家を出て歩き出す。

すると、数歩歩いたところで見覚えのある姿を視界にとらえた。

「……真子？」

真っ黒な髪をおろし、傘もささずにうつむきながら歩く真子。

「蘭、久しぶりだね」

あたしの前でピタリと足を止めた真子は生気のない瞳をこちらに向ける。

「真子……久しぶり。意外と元気そうだね……？」

顔が引きつる。このタイミングだとハルトくんの家から出てきたところを見られていたに違いない。

取り繕うように笑顔を浮かべてやり過ごす。

「そう……？」

「あっ……学校、どうすんの？　来られそう？」

「うん。そろそろ行かなくちゃって思ってる」

「え、マジで～？　来られんの？」

「行けるよ。だって、やることがあるから」

「やること？」

「そう。あたし、やられたらやり返さずにはいられない性格だから」

真子はにっこりと笑う。

でも、その瞳は決して笑ってなどいない。

背筋が冷たくなる。真子なのに、真子じゃないみたい。

やっぱりセイラの事件で精神的におかしくなっているようだ。

「まぁ、いいや。じゃあ、あたしもう行くね！　真子も早く帰ったほうがいいよ？　雷すごいし」

ボタボタと大きな音を立てていた雨がザーザー降りに変わる。

「蘭」

「えっ？」

真子に呼ばれて首を傾げた瞬間、ものすごい稲光と同時に近くに雷が落ちた。

「ヤバっ、雷すごいし！　じゃ、またね！」

真子から逃げるように駆け出す。

「……ヤバっ、アイツ。頭おかしくなっちゃってる」

数メートル走ってから振り返ってみるとまだそこには真子がいた。

土砂降りの雨の中、真子は笑っていた。

「あたし、リカ」

真子の放った不気味なその名前が脳裏に焼きついて離れなかった。

番外編

二人のあたし

【リカside】

仄暗くて狭い空間に長い間、閉じ込められていた気がする。体を伸ばすことすらできないその空間の中で、小さく膝をかかえて丸まりながら目をつぶり、ぼんやりと聞こえてくるさまざまな声に耳を傾ける。

目を開けると薄っすらとあたりが見える。鮮明ではない濁った世界の中であたしは生きていた。

『セイラ』と誰かが名前を呼ぶ。あたしはセイラじゃない。リカっていう名前があるのに。

声を上げても誰の耳にも届かない。

誰もあたしのことを知らない。誰も名前を呼んでくれない。

あたしはいったい誰なんだろう。そんなことばかり考えていた。

これから先もずっとそんな日々が続くと思っていた矢先、窮屈なその空間の中に小さな小さな光が見えた。

『助けて』

その光のほうから今にも泣き出しそうな寂しげな声がする。

誰……？　誰なの……？

その光に手を伸ばすと体が吸い込まれるような不思議な感覚を覚えた。

その瞬間、体がスーッと何かに引っ張られ、視界がクリアになる。

「ここは……どこ？」

気づくとあたしは見知らぬ場所にいた。

なぜか頬が冷たい。触れてみると、それが涙の跡であることがわかった。

ふんわりと柔らかいベッド上で布団を頭までかぶって泣いていたようだ。

恐る恐るベッドを這い出て部屋の中を見渡す。

さっきまで自分がいた世界とは真逆の明るい世界に困惑する。

高級そうな家具やベッドやテーブル。その中に所狭しと置かれた未開封のおもちゃの数々。部屋の姿見に自分の姿を映してハッとした。

「これが……あたし……？」

サラサラになびく色素の薄い茶色の髪の毛。整った顔。細くて白い手足。

ふと部屋の隅に置いてある幼稚園バッグに意識がいく。ネームタグには【神条セイラ】という名前が記されている。

「神条セイラ……？」

あたしの名前はリカなのに。セイラって誰なの？　そもそも、ここはどこ？

その時、ガシャンッという何かが割れたような音が部屋中に響き渡った。

思わずビクリと体を震わせると同時に、頭の中で誰かが叫んだ。

『助けて……。怖いの……。誰か助けて……』

「誰……？　あなたは誰なの？　あたしの頭の中でしゃべっているのは誰……？」

問いかけても返事はない。

どこからか怒鳴り合うような声が聞こえる。心臓がドクンドクンッと嫌な音を立てて震える。恐る恐る部屋から出て声のするほうへ歩みを進める。

「あなたが今日行ってくれる約束だったでしょ？　親が来なかったのはうちだけで前代未聞だって園長先生に叱られちゃったじゃない！」

声のする部屋のドアを少しだけ開き、中を覗き込む。

「俺がいつそんな約束をした⁉　俺は忙しいんだ。セイラのことはお前に任せているだろう⁉　母親なら幼稚園の誕生日会ぐらい休みを取って出てやれ！」

「なに言ってるの！　あなただってセイラの父親でしょ？」

「俺は子供の誕生日だからって休めるほど暇じゃない！　俺とお前は立場が違う！」

「私にだって私の仕事があるのよ⁉」

「ハァ……。話にならないな。だから、あれほどセイラができた時によく考えろと言ったのに！」

「何よ⁉　セイラを産む選択をした私が悪いっていうの⁉　今さらどうしろっていうの⁉　一度産んだらお腹に戻すことなんてできないのよ⁉」

「そうやってヒステリックに怒鳴るのはやめろ！　頭が痛くなる！」

この二人は……神条セイラの両親……？

どうしてこの二人はこんなに言い争っているの？

それに、どうしてだろう。

この二人からはセイラへの愛情がひとかけらも感じられない。

「……セイラ……？」

すると、母親があたしの存在に気づいた。

汚いものでも見るかのような目であたしを見つめると、ツカツカとこちらへ歩み寄ってきた。

「盗み聞きなんて悪趣味なことするんじゃないわ。早くお風呂に入って寝なさい。もうこっちへ来ちゃダメよ」

背中を両手で力いっぱい押されて部屋から廊下に押し出されたあたしは、呆然とその場に立ち尽くした。

『パパもママもセイラのことでケンカしないで……！』

再び頭の中で誰かが叫んだ。

それがセイラであるということが今、ようやくわかった。

あたしはなぜか、セイラという人間の体の中に宿っているらしい。

セイラの姿をしているから、セイラの両親も今セイラの中にいるのがあたしだとは気づかない。

あたしは自分の意思に関係なく、セイラに呼ばれた時だけこうやってセイラの体を使い、あの暗い世界から出てこられるようだ。

頭の中でセイラが泣いている。それと同時に激しい頭痛とめまいに襲われる。

再び大声で罵り合いを始めたセイラの両親の声が徐々に遠くなる。

大急ぎで最初に目覚めた部屋に駆け込んでベッドにもぐり込む。

味わったことのない暖かく柔らかい毛布の感触を忘れないように、ギュッと握りしめる。

もう時間切れなのかもしれない。またあたしはあの暗くて寂しい世界に戻らなくてはいけない。

目をつぶると、暗い穴の中に真っ逆さまに落ちていく感覚がした。

そして、気がつくとあたしは予想どおりあの暗くて狭い空間に逆戻りしていた。

セイラは、あの両親から生まれたとは思えないほど純粋でまっすぐで素直な性格の持ち主だった。

人の悪口を言うことも、誰かを嫌うことも、誰かを傷つけることもない。

その代わり、いつも誰かしらに傷つけられていた。

不仲の両親は顔を合わせるたびに大ゲンカを繰り返し、セイラはその声から逃れるようにいつも自分の部屋で布団をかぶり泣いた。どうしようもなくなると、セイラは無意識にあたしに『助けて』と救いを求める。そのたびにセイラの代わりにあたしがその苦痛を受け止めた。

その頃には自分というものがどうして生まれたのか理解できるようになっていた。

あたしはセイラの影だ。

精神状態が不安定になり、セイラの悲しみの許容量が一定を超えて心が壊れそうになるとあたしはあの空間から脱出できる。

その対価として、あたしはセイラの悲しみや苦しみをすべて受け入れる。

でも、セイラはあたしの存在に気づいていない。あたしがセイラの体を操っている間の記憶がセイラにはないらしい。

セイラが中学に上がる頃には、あたしはセイラの世界をセイラの目を通してクリアに見ることができるようになっていた。

だから、セイラが受けている理不尽な仕打ちを目の当たりにして放っておくことなどできなかった。

そう。あの日もセイラは、クラスの女子たちから理不尽な言いがかりをつけられていた。

コップに溜まった水が溢れ出すように、セイラの我慢が限界を超えた。

トイレの個室の中で一人、声を押し殺して涙を流していたセイラとあたしは突然入れ替わった。

教室に入ると、複数の女子グループが目についた。

その中でも派手な女子グループがあたしを敵意丸出しに睨みつける。

数日前からあの子たちにセイラは目の敵にされていた。

その中の一人の彼氏とセイラが少し言葉を交わしただけなのに、『誘惑した』、『色目を使った』とあらぬ濡れ衣を着せられて責め立てられた。

あの子たちにとって理由なんてどうだってよかったんだろう。ただ、セイラを攻撃するためのきっかけがたまたまそれだったというだけ。

「アイツ、マジでウザくない？」

コソコソと囁き合うその声はあたしの耳にまで届く。

一人じゃ何もできないくせに、集団になると強気になる弱虫のくせに。

心の中で罵倒しながら席につき、次の授業の用意をしようと机の中から教科書を引っ張り出した時、ボトボトと何かが床になだれ落ちた。

それはゴミだった。破かれたプリントや灰色のほこりのついたティッシュペーパーがあたしの席のまわりに散乱する。

「見て、あれ！　汚すぎ！」

「超ウケる～！」

あたしを指さし、先ほどの派手な集団がゲラゲラと下品に手を叩きながら笑い合う。

バカなんじゃないの。これのどこが楽しいの？　何がそんなに笑えるの？

あの中の全員が人間の姿をしたチンパンジーのように見えた。いや、チンパンジーのほうがまだましかもしれない。

心の中で呆れながら立ち上がり片づけようとした時、その集団の一人があたしの元へ歩み寄ってきた。彼氏に色目を使ったと騒いでいた女。村上祥子《むらかみしょうこ》だ。

「早く片づけてよね」

村上さんはそう言いながらあたしの足元のゴミを四方八方に蹴散らしていく。

「やめて」

「ハァ？　何よ、口答えする気？」

自分が正しいとでも言わんばかりの傲慢な態度。その性格の悪さが顔面に滲み出ている。

この女にセイラは散々嫌がらせを受けてきた。セイラは何をされても我慢していたけど、あたしは違う。アンタにされたことを黙って受け入れることなんてしない。やられたらやり返す。あたしはセイラとは違うんだから。

「ちょっと顔がいいからって調子に乗ってんじゃないわよ」

「調子に乗ってる？　その言葉そっくりそのまま村上さんに返すから」

にこりと笑いながらそう答えて彼女の肩に自分の肩をぶつけると、村上さんはよろけ、驚いたように目を見開いた。

そんな彼女を置き去りにして教室の隅にあるゴミ箱を掴み上げると、再び自分の席に戻る。

足元のゴミを拾い上げ、ゴミ箱に放り投げる。

「邪魔。どいてよ」

いまだに呆然と立ちすくんでいた村上さんに言うと、彼女は逃げるように集団の中に戻っていった。

どう？　驚いたでしょ？　今までセイラはアンタに何をされても口答えなんてしなかったから。

知ってるの。アンタがどうしてセイラをターゲットにしてるのか。

セイラが言い返せないことを知ってるから。知っていてそうやってイジメてるの。

このクラスの人間関係だってセイラの目を通してちゃんと知ってるんだから。

村上さんはクラスの派手なグループの一員だけど、それは一軍の子の腰巾着になっているからだって。必死だよね？　一軍にいたいから。まわりの友達にいいところを見せたいからセイラをイジメてポイントアップを狙ってるんでしょ？

でも、そんなのムダよ。だって、今この体はあたしのものだから。

あたしはアンタなんかに絶対に負けない。

「ちょっと、何やり返されてんの〜？」

「えっ、別にやり返されてなんてないし！」

バカな子。必死に引きつった笑顔を浮かべながら弁解している彼女を見て、あたしはそう心の中で呟いた。


水色の絵の具で塗りつぶしたような雲一つない空を見上げる。

この世界は眩しすぎる。でも、あの暗くて狭い世界よりはよっぽどいい。

村上さんは、あのあともちょこちょこあたしにちょっかいを出してきた。

授業中、小さなメモをあたし以外のクラスの女子に回したり背中に消しゴムのカスをぶつけたり。前から回ってくるプリントをあたしに渡さず次の子に回すように大人しい子に指示を出したり。でも、何をやられてもじっと我慢した。

まだその時じゃない、と必死に自分を戒めて。


昼休み、あたしは昼食を済ませると急いで上靴に履き替えて外に出た。

ある計画の準備をするためだ。

「神条さん、そんなところで何してんの?」

黒田《くろだ》くんは優しげな笑顔を浮かべながら、花壇のそばに座り込んでいるあたしの隣に腰をおろす。

あたしは後ろ手に軍手を外し、土の入った袋を縛るとそっとスカートに忍ばせた。

「ううん、別に」

「何か悩みがあるなら相談に乗るよ?」

黒田くんは村上さんの彼氏だ。といって、村上さんが必死にアプローチして付き合っただけで黒田くんの気持ちが村上さんにあるとはとても思えない。

黒田くんが本当に好きなのはセイラだ。でも、黒田くんにとってセイラは雲の上の存在。

『彼女』という存在が欲しかったために妥協して仕方なく村上さんと付き合っているようだ。

村上さんだってそれを感じているに違いない。だから、セイラに嫉妬して攻撃してこようとする。

どちらもひどい人間だ。自分の欲を満たすためなら平気で人を傷つける。

「ううん、悩みなんてないから大丈夫。それにこうやって二人で会ってることを知られたら村上さんに——」

言いかけてハッとしたように口元を押さえると、黒田くんは怪訝そうに眉間にしわを寄せた。

「今の、どういうこと？」

「なんでもないの。気にしないで」

わざと困ったように首を振ると、黒田くんの表情が曇った。

「もしかして……祥子に何かされたんじゃ……」

どちらとも答えず唇を噛んでうつむくと、すべてを悟った黒田くんは鼻息を荒くしてこう告げた。

「ごめんね、神条さん。もう二度と神条さんを傷つけるようなことさせないから。約束するよ。俺さ、前からアイツのこと好きじゃなくて。しょうがなく付き合ってたんだ。すべてが中途半端なんだよ、アイツ。でも、安心して？　俺が神条さんのこと守るから」

黒田くんの言葉は心に響かない。それどころかバカ丸出しのその言葉にゾッとする。村上さんが中途半端なら、アンタはもっと中途半端じゃない。自分の彼女の悪口を平然と口にすることも、渋々彼女と付き合っているだけで自分は好きではないというアピールも、すべてが胡散臭い。

彼女と呼べる存在はいるけど、俺はそんなに好きじゃないんだ。本当は君が好きなんだよ。君はどう？　俺を好き？　もしそうなら、アイツとは別れて君と付き合いたいと思ってる。アイツより神条さんのほうが可愛いし。でも、俺に好意がないなら、俺はアイツとは別れないよ。とりあえずキープしておかなくちゃだからね。

そんな黒田くんの下心が透けて見える。

その時、校舎からジャージを羽織った村上さんたちの集団が出てくるのが見えた。

あぁ、そうか。次の時間は体育だった。

ちょうどいいタイミングだとほくそ笑んだ時、村上さんがこちらに視線を向けた。

あたしたちに気づいた彼女は、一人その場に立ち止まり、憎しみと嫉妬の入り混じったひどい顔でこちらを見つめていた。女の嫉妬ほど醜いものはない。

途端、彼女は弾かれたように走り出す。鬼の形相で駆け寄ってくる村上さんに黒田くんは気づかない。

だから、あたしは黒田くんの手にそっと自分の手を重ね合わせた。

「ありがとう、黒田くん。すごくうれしい……」

「か、神条さん……」

目を潤ませて上目づかいで彼を見上げると、黒田くんはごくりと生唾を飲み込み、だらしなく頬を緩めた。

間違いなく、彼は誤解しただろう。セイラが自分に好意を寄せていると。

バカな男。体はセイラでも、心はあたしなのに。

「ちょっと、何してるの⁉」

息を切らしてこちらへ来た村上さんはあたしに詰め寄った。

どうして自分の彼氏ではなくあたしを真っ先に攻撃しようとするんだろう。ちょっかいを出してきたのは黒田くんのほうなのに。

それとも何？　もしかして、あたしが先に黒田くんにちょっかいを出したとでも思ってる？

だとしたら、勘違いもいいところ。あたしはアンタの彼氏になんてこれっぽっちも興味はないんだから。もちろん、セイラだって黒田くんのことをなんとも思っていない。

「おい！　いい加減にしろよ！」

黒田くんが、あたしと村上さんの間に立ちふさがる。

「なんでこの子のことかばうの⁉　どいてよ！」

「ったく、落ちつけよ！　神条さん、ここは俺に任せて！」

男気を見せようと必死の黒田くんの言葉に甘えて逃げるようにその場から駆け出す。

自分の彼女を責めるような言動をとる黒田くんは救いようもないバカ男だ。

村上さんは言葉では言い表せないような屈辱を感じているに違いない。

ざまあみろ、と心の中でほくそ笑む。

セイラを傷つけるということはあたしを傷つけるも同じ。

セイラを傷つけようとする人間をあたしは絶対に許さない。

背中に二人の言い争う声がぶつかる。

「あー、バカバカしい。付き合ってらんない」

吐き捨てるように言った時、

「ちょっと待ちなさいよ！」

追いかけてきた村上さんがあたしの腕を掴んだ。

「許せない……」

「何？」

「黒田くんのことあたしから奪おうとするなんて……許せない！」

目を真っ赤に充血させて怒りを露わにする村上さんの顔を見ていると、なぜか笑いが込み上げてきた。

あんな男のいったいどこがいいわけ？

「ふっ、ふふふ」

「アンタ……何笑ってんのよ……！」

「あぁ、ごめん。なんかあまりにも哀れすぎて笑っちゃった」

口元を手で押さえて必死にこらえたものの、笑いは収まらない。

「ふふっ！」

再び吹き出すと、村上さんはワナワナと唇を震わせた。

「あたしが哀れだって言いたいの……？」

「そう。黒田くんの気持ちがあたしにあるとしたら、それはアンタがブサイクだからでしょ？　あたしのせいにしないで」

絶句する村上さんに微笑む。言い返せるわけがないよね？　だってあたしと村上さんには天と地との差があるんだから。それをちゃんと自覚しなさいよ。

「あとね、ネチネチした嫌がらせももうやめてね。もし次やったら今度は倍にしてやり返してやるから」

吐き捨てるように言うと、村上さんは肩を震わせて泣き出した。

「あー、すっきりした」

大きく背伸びをする。

セイラも、あたしみたいに言い返せばいいのに。そうすれば、イジメられることも減るかもしれないのに。セイラのように一方的に傷つけられるのなんて、あたしはまっぴらごめんだ。

するど、脳内でセイラの声がした。

『そんなことしちゃダメ』

あたしを戒めるようなその言葉に苛立つ。アイツには散々嫌がらせされてたのに、なに言ってんのよ。バカじゃないの。やられたらやり返す。あたしはセイラとは違う。

さっきまでの爽快な気持ちが一転し、怒りが込み上げてきた。

苛立ちながら下駄箱に向かう。そこであたしはポケットに突っ込んでおいたビニール袋を取り出した。

「アイツらどんな顔するかな」

村上さんを含めセイラに嫌がらせをしていた派手なクラスメイトたちの上履きを手に取り、その中にビニール袋に土と一緒に入れておいたものを押し込む。

土の中には二センチほどの白い幼虫がうじゃうじゃいた。コガネムシの幼虫だ。それを一つずつつまんで上履きの中に放り込む。

『ダメよ。やめて！』

セイラの声がする。

「チッ。うるさい。アンタは黙ってて！」

その声をかき消すようにあたしは一心不乱に上履きに幼虫を入れ続けた。


体育の授業は具合が悪いと嘘をつき保健室のベッドの上で過ごした。

授業の終わりを告げるチャイムが鳴ったと同時に、あたしはベッドから飛び起きて昇降口へ走った。

タイミングよく、村上さんたちのグループが戻ってきたところだった。

なんの疑いもなく上履きを床に放り、足を入れた瞬間、一人が短く叫んだ。

「やだ！　何これ！！」

「なんか入ってる！」

上履きを逆さにすると、床にボトボトと白い幼虫が落ちた。

「いやぁあぁーーー何これ！　なんなの⁉」

絶叫している者もいれば、幼虫を踏みつぶしてしまったのか真っ青な顔で靴下を脱ぐ者もいる。今にも泣き出しそうに顔を歪めている者もいた。

「ふふっ、ざまあ見ろ」

そう呟いた瞬間、再び頭の中で声がした。

『やめて……、そんなことしたらダメだよ』

「うるさい、アンタは黙ってて」

その瞬間、ズキンッと頭痛がした。

そろそろ時間だ。またあたしは元の場所へ戻らなくてはならない。

頭を押さえながら近くのトイレに駆け込むとズルズルとその場に座り込む。

ずっとこのままでいられたらいいのに。この体が永遠にあたしだけのものになればいいのに。

そんな想いが急に頭をもたげた。そうだ。あたしのものにしよう。

この体はセイラではなく……あたし……リカのものにするの。

そう決めた瞬間、スーッと意識が引っ張られていった。


あたしがセイラの体を操っていられる時間は限られていた。

セイラの精神状態が安定している時は、あたしはずっと閉じ込められたまま、自分の意思で表には出てこられない。

でも、セイラの体を操れるわずかな間はセイラの評判を落とす行為をし続けた。

嫌いな女に暴言を吐いたり、女子から人気のある男子には陰で気があるようなそぶりをしたりした。

それは人から人へ伝わり、いつしかセイラは『人の彼氏に色目を使う嫌な女』というレッテルを貼られ、クラスの女子だけでなく同学年の女子の間でもすっかり嫌われ者になった。

それなのに男子からは絶大な人気があったことも、女子の反感をさらに高める結果になった。

あたしは自分がされて嫌なことは我慢せず必ず言い返したし、やられたことは倍以上にして返した。

でも、セイラは何をされても黙ってそれを受け入れる。

セイラの中に二つの人格があると知らないクラスメイトたちは、日ごとに変わるセイラのキャラクターに戸惑い、恐怖を感じている様子だった。

セイラへのイジメというものはなくなった。

その代わりにクラス中の女子からは無視され、いない存在として扱われた。

セイラは戸惑っていた。どうして自分が『男好き』と噂されるのかまったく理解ができない様子だった。でも、それを誰かに聞く勇気もないセイラはますます孤立し、教室にいる間は誰とも話すことなく、ただぼんやりとイスに座り読書をする日々を送っていた。

そう。あの日まで。中二のクラス替えで池田真子と出会うまでは。

『あたし、池田真子！　よろしくね』

あの女は教室に入ってくるなり、近くの席にいたセイラに声をかけた。

女子から敵対視され無視され続けてきたのに、突然声をかけられてセイラは少し動揺しているようだった。

『神条セイラです。よろしくね』

戸惑いながらも笑顔を浮かべているセイラ。暗くてぼんやりとしたその空間にやわらかい光が灯る。その光はまるでセイラの心の中を映し出しているみたいだった。

ただ挨拶をされただけで喜んでいるセイラに呆れながらも、どうせこの関係もすぐに破綻すると予想していた。

でも、そんなあたしの予想に反して真子とセイラは一緒に行動するようになる。

あたしがセイラの中で目を覚ましたのはあの子が幼稚園の時。

あの時から親しい友達など一人もできたことがなかった。

セイラはずっと孤独だった。お金はあっても不仲で愛情をくれない両親との日々は苦痛だらけの連続で。でも、一歩外に出ると何も知らない人々は『セイラちゃんの家はお金持ちだから』とか『美人に生まれて得ね』と嫌味を言う。

セイラが心の底から欲しかったものは、お金や整った容姿なんかじゃない。愛情と自分の居場所だ。

でも、それを口にしてしまえば金持ちの戯言だとさらに反感を買う。

セイラが毎晩涙を流していることに誰も気づかない。

家にも学校にも居場所がなくなり、あたしがセイラの体を乗っ取れる時間が増えてきていた。

あと少し。あと少しでこの体はあたしだけのものになる。

そう思っていた矢先、池田真子という邪魔者が現れてしまった。

『あの子と仲よくしないほうがいいよ。あの子のことみんなヤバいって言ってるし』

進級から一週間後、セイラと仲よくしていることを知った真子の友人がそう告げ口していたのも知っている。

偶然その場に居合わせたセイラはとっさに身を隠した。

あたしは心の中でほくそ笑んだ。これですべてが終わりだと。

真子という友達ができたと喜んでいるセイラが、ここで真子に裏切られるのは目に見えていた。

人間は汚い。あたしはそれをセイラの目を通して客観的に見てきた。

今までだってそうだ。少し優しくしてくれた子だって裏では悪口を言っている。

みんな表の顔と裏の顔を使い分けている。

セイラに近づいてくる男どもはみんな下心丸出しの猿だ。

セイラに笑顔で声をかけてきた真子だって例外ではない。

それなのに、真子は笑いながらそれを否定した。

『ヤバくなんかないって。セイラ可愛いからみんなに嫉妬されてるんじゃないの？』

『本当なんだって。彼女持ちの男子に手を出したり、色目使ってたぶらかそうとしてる』

『まさか。あたしの知ってるセイラはそんなことする子じゃないし』

『真子！』

『みんながなんて言おうと、あたしは自分の目で見たことしか信じないよ。それにね、あたしはセイラと一緒にいると楽しいの。だから、これから先もずっと一緒にいるつもり』

真子の言葉に、セイラはその場にヘナヘナと座り込んだ。

自然と涙を流し、口元を押さえて必死に嗚咽を堪えるセイラ。

『真子……ありがとう……』

セイラが呟いた途端、あたしのいる空間がポカポカと温かくなり、オレンジ色になる。あまりにも眩しすぎるその光に気が狂いそうになる。ずっと暗い世界で生きてきたあたしにとって、その光は苦痛以外の何物でもない。

あたしは体を必死に丸めてその光から逃れるように両手で顔を覆った。

そして、待ち続けた。今か今かと。セイラの体を操れるその瞬間を。

そのためには池田真子をなんとしてもセイラの中から追い出さなければならない。

けれど、セイラと真子は順調に互いの仲を深めていった。

セイラに訪れた、ケンカやもめごともない穏やかな生活。

真子以外のクラスの女子からはいまだ白い目で見られていたセイラも、真子の働きかけでそれなりに楽しい学校生活を送っている。

セイラにとって真子は気を許せる初めての人間だったに違いない。

心の底から信頼できる友達。親友。

すべてを失っても真子だけは絶対に失いたくないというセイラの気持ちが痛いほどに伝わってくる。セイラにとって真子は、苦しい世界で生きていくための心の支えだった。


真子と出会い、セイラは笑顔を浮かべることが多くなった。

休みの日も常に一緒に行動して、こまめに連絡も取り合う。

真子なしの生活なんてセイラにはもう考えられなかったに違いない。

両親の大反対を押しきって真子と同じ公立の高校に進学したセイラは、幸せに満ちた生活を送っていた。

けれど、高校受験をきっかけに両親の口論はひどくなりセイラを苦しめていく。

セイラは真子に家の話をしなかった。知られたくなかったのだ。

大家族で温かい家庭に育った真子に、口論ばかりしてセイラのことを疎ましく思っている両親のことを知られたくなかった。知られて嫌われるのが怖かった。


高校入学後、セイラはハルトという男に惹かれていった。

彼を無意識に探して見つめているセイラ。きっとセイラにとっての初恋だろう。

でも、あたしは知っていた。セイラの親友である真子も彼のことが好きであると。

これはまたとない絶好のチャンスだった。

どんなに親しい友達でも男が絡めば状況は一変する。

鈍感なセイラは真子がハルトを好きだとは知らない。同じ相手を好きになってしまったことが運のツキだった。

二人の映画デートにセイラが割り込んで一緒についていった時の真子の顔、思い出すと笑える。

必死に表に出さないようにしていたけど、あたしはすぐに気づいた。嫉妬と怒りの入り混じった顔。そう、確かに村上さんと同じ表情を浮かべていた。

中学時代、二人がもめる原因は何もなかった。だからこそ仲よくいられたのだ。でも、今は違う。恋のライバルとなった二人に亀裂が生じるのは目に見えていた。

『真子、今日って暇？　駅前のクレープ屋さんの無料チケットがあるんだけど、よかったら一緒に行かない？』

『クレープ？　行く行く！　あっ、でも今日あたし日直なんだった！　職員室にみんなのプリント集めて持っていかなくちゃいけないんだけど……。ちょっと待ってもらえる？』

『もちろん。一人で大変だったら手伝おうか？』

『大丈夫！　ダッシュで行ってくるね！』

『そんなに慌てなくても大丈夫だからね』

『了解！』

真子が教室から出ていったあと、母親からメッセージが届いていた。

【今日から一週間、出張に行きます。お金はテーブルの上です。足りなくなったらお父さんに連絡しなさい】

そのメッセージを読んだセイラは落胆した。

セイラが高校に入学したと同時に、父親はほとんど家に寄りつかなくなっていた。

頼みの綱であった母も一週間の出張で家には帰ってこない。広いあのマンションにたった一人で残される。もう両親の関係は壊れかけている。もしかしたらこのまま離婚してしまうかもしれない。そうしたら自分はどうなるんだろう。この学校にもいられなくなってしまったら。もしそうなったら真子と離れ離れになってしまうかもしれない。

また一人ぼっちになってしまうかもしれない。

セイラの不安が体中を突き抜けたその瞬間、あたしは、ほぼ一年ぶりに表に出ることができた。

真子の様子がおかしいことはクレープ屋につく前から気づいていた。

ぼーっとした表情を浮かべて心ここにあらずといった様子。

でも、真子はセイラの異変にいち早く気づいた。

『ていうか、セイラってバナナ食べられるようになったの？』

セイラの手元にあるバナナクレープをじっと見つめる真子。

セイラがバナナが苦手だということを真子は知っていた。

『今日はバナナって気分だったの。あっ、そうだ！　明日の放課後のオーディションって行く？』

マズいと思い、とっさに話をすり替えた。隣に座っているのがミスコンの先輩であることに気がついたからだ。

数日前、先輩たちがミスコンに出てほしいとセイラに頼みにきたのを覚えていた。その時、『オーディションを受けられるのはあたしたちが声をかけた人だけだから』と話していた。

先輩たちがチラチラとこちらに視線を向けながらあたしたちの会話に耳をそばだてていた。

『オーディションって？　あぁ、もしかして文化祭にやるミスコン？』

『オーディションってミスコンなの？　あれって強制なのかな？』

『強制ではないんじゃない？　出たい人が立候補するんだと思う。でも、セイラなら絶対ミスになれるよ！』

『ううん。無理無理！　あたし、あがり症だし、大勢の人の前に立つのは苦手だから』

『えー、もったいないって！　それならあたしも一緒にオーディション受けようか？』

『うーん、でも真子が一緒なら考えてみようかなぁ』

ちらりと先輩たちを横目でうかがう。真子のその言葉に、予想どおり先輩たちは目を見合わせて意地悪そうな表情を浮かべた。

　このあとの展開は安易に想像できた。

『──ぶっ!!』

　隣の席の先輩が目を見合わせて吹き出した。

「ごめんごめん！　隣だから話聞こえちゃったの。あたしたちミスコンの担当の係やってる三年なんだけど、あなたは明日のオーディションには来ないでね？」

『え……？』

『毎年、あなたみたいに可愛い友達にくっついてきてオーディション受けようとする子がいるんだけど、正直人数増えて迷惑なんだよね。そもそも可愛い子にはちゃんとオーディションに来るようにって事前に声をかけてるんだから』

　真子の顔は徐々に険しくなっていった。

『それって……どういう……』

『だーから、友達の付き添いでオーディション受けて自分のほうが受かっちゃうとかいう夢物語なんてないよ、ってこと』

『ちょっと、ハッキリ言いすぎ！　可哀想じゃん！』

『だって、明日のオーディションには事前に声をかけられた可愛い子だけが来るんだよ？　そのために可愛い子にしかオーディションの日程教えてないんだから！』

予想どおりの展開だった。必死に取り繕おうとしていたものの、真子が自尊心を傷つけられて動揺しているのは明白だった。

恥ずかしさからか耳まで真っ赤にして引きつった笑みを浮かべていた真子を心の中で笑う。

きっとあの日からだろう。真子がセイラ……ううん、あたしに対して確かな反感を抱いたのは。

それからはあっという間だった。まるで坂道を転がり落ちるように、真子はセイラに憎しみを抱くようになった。

ハルトとセイラが付き合うようになると、真子はセイラに対して憎しみや嫉妬などの黒い感情を露わにするようになった。

都合のいいことにセイラは真子の気持ちの変化に気づかなかった。

悪意や敵意や憎しみや嫉妬。そんな感情が親友の真子から向けられていることにセイラは気づかず、そのことで真子の怒りを刺激した。

あたしはうずうずしていた。また表に出たい。セイラの体を乗っ取り、リカとして生きたい。

ずっとセイラの頭の中でうずくまってばかりいたけれど、もう耐えられない。

必死に部屋の中の壁を叩くと、それはセイラの頭痛となって現れるようだった。

セイラは鎮痛剤を持ち歩き、常用するようになった。

あと少し。もう一押しだ。気持ちが高ぶる。

そして、ついにあの日がやってきた。

真子が階段で足をケガし、ハルトに背負われて保健室に向かったあの日。

セイラは、真子がケガをしてハルトが保健室に連れていったと先生に告げ、心配になってすぐに保健室を目指して駆け出した。

何も知らないセイラは真子のケガを心の底から心配していた。

でも、あたしは薄々感づいていた。真子がセイラを出し抜こうとしているのを。

ハルトを奪う気でいるということもすべてお見通しだった。

保健室に入ったセイラは真子とハルトがベッドの上でキスをしていたのを見てとっさに口を押さえつけて、音を立てないように後ずさりした。

二人に気づかれないようにそっと保健室を出ると、ズルズルと壁に背中を預けて冷たい廊下のタイルの上に座り込む。

『あの二人はセイラを裏切ったの。これから先もセイラを裏切り続けるよ』

頭の中で叫ぶと、セイラは両耳を手で塞ぎ首を横に振った。

「真子は……真子はあたしを裏切ったりなんてしない……」

『ううん、また絶対に裏切る。ほんの些細なことがきっかけですべて壊れるの。女友達ほどもろい関係なんてないんだから』

「やめて……やめてよ……」

あたしの声はセイラに届いているようだ。あたしの部屋の中の暖かなオレンジ色の光が点滅する。セイラは確実に追い詰められている。

『真子がいなくなったら、また一人ぼっちになっちゃうね』

「あなた、誰なの……？　やめて。お願いだからやめて……！」

その声と同時に部屋の中が真っ暗になった。頭痛が激しくなる。

ギュッと目をつぶりその痛みに耐え、ゆっくりと目を開けるとあたしは思惑どおり表に出られた。

「ねぇ、セイラ。残念だけどもう真子はアンタの知ってる真子じゃないよ」

セイラの中の真子のイメージは正義感があり曲がったことが嫌いな心優しい子。

でも、今は真逆。親友の彼氏を寝取ろうと画策する悪い女。

「あんな女と親友やってたアンタもバカだわ」

ニヤリと笑うと、頭の中にいるであろうセイラに言葉をかける。

きっとセイラが聞いたら必死になってそれを否定するだろう。

親友の真子のことを信用しすぎた結果がこれだ。

保健室でセイラの彼氏であるハルトとキスをしていたのが真子の裏切りの証拠だ。

真子はセイラではなくハルトを選んだ。いや、違う。

真子は自分の欲を満たすためにセイラを裏切る道を選んだんだ。

「ふふっ……。ふふふ……」

笑いが漏れる。保健室の中にいる二人に聞こえたら大変だ。

手で口を覆い笑いを堪える。

すべてはあたしの思うがまま。セイラも真子もあたしの手のひらで踊らされる駒にすぎない。それなのに、誰もあたしの存在に気がつかない。

しばらく真子とハルトは好きにさせておこう。これからどうなるか、すぐ先の未来が手に取るようにわかる。

真子は、あたしの思いどおりに動いてくれるに違いない。

その調子でもっとセイラを傷つけて。心を粉々に打ち砕いて。

セイラが絶望に打ちひしがれるまで。

そうすれば、あたしはセイラとして……ううん、リカとして生きていける。

この美貌はあたしのもの。リカのものになる。

でも、それで終わりではない。

真子はセイラからハルトを奪った。

それはあたしからハルトを奪ったも同然だ。

取られたら取り返す。やられたらやり返す。それがあたしの信念。

だから、真子のことは許さない。……絶対に。

「……あっ」

突然、保健室の扉が開いた。

振り返るとそこには真子とハルトの姿があった。

目を見開いて驚きを露わにした二人は、絡み合った手のひらを瞬時に離した。

あたしに気づかれているとも知らずに、真子はにこりと笑う。

その顔からは罪悪感などどみじんも感じられない。それどころかセイラを裏切っていることへの背徳感の快感に浸っているようにすら見えた。

「セイラ来てくれたの？」

「ケガは大丈夫なの？　心配で見にきちゃった」

「あっ、うん。全然大丈夫！」

「……そう。それならよかった」

ちらりとハルトに視線を向けると、決まりが悪そうにあたしから目をそらした。

わかりやすい男。こんな男を取り合うセイラと真子が不思議でならない。

いや、この男を取り合おうとしているのは二人だけではない。

あと一人いる。真子以上に腹黒いあの女もだ。

その時、授業の終わりを告げるチャイムが鳴り始めた。

「教室戻ろう。真子、あたし肩貸そうか？」

そう尋ねると、真子は首を横に振った。

「まだちょっと足が痛いから、ハルトにおんぶしてもらおうかな。セイラ、いい？」

真子のその言葉はまるで宣戦布告のようだった。

「もちろん！　そうしたほうがいいよ」

そう答えたと同時に、ハルトにおんぶしてもらった真子はハルトの首に自分の腕を回して振り返った。

「ありがとう、セイラ」

その表情は、まるで自分が勝者とでも言わんばかりの相手を見下した悪意に満ちた笑みだった。

さっき平然と歩いて保健室から出てきたくせに、教室まで歩けないわけないじゃない。

『全然大丈夫』って言ってたのに。

ハルトが真子を背負ったまま歩き出す。

その背中をあたしは睨みつけた。このままですむと思うな。

心の中で呟くと同時に『やめて。真子を傷つけないで』と頭の中のセイラが悲痛な声を上げた。

どこまでお人よしで世間知らずで大バカなの？

真子はとっくにセイラに見きりをつけているのに。それにすら気づかないなんて。

「っ……」

突然の頭痛とめまいに襲われ両足を踏ん張る。このタイミングでセイラと入れ替わってしまうの……？

必死になって堪えても意識がスーッと奥のほうに引っ張られる。

まあいい。これからあたしが表に出られることも増えるだろう。

そうしたら、セイラと真子の関係も、真子とハルトの関係も滅茶苦茶にしてやる。

そして、あたしがこの体を乗っ取り、セイラを暗い部屋に閉じ込めて二度と出てこられないようにする。

そのために邪魔者は全員、徹底的に排除してやる。

「ふふっ……。あと少しだ……」

その瞬間、意識は途絶えあたしは再びあの仄暗い部屋へ逆戻りした。

END.

あとがき

こんにちは、なぁなです。数ある本の中から『女トモダチ』を手に取っていただきありがとうございます。

年齢関係なく誰しも一度は経験するであろう女友達とのいざこざを、ホラーとして書き上げてみました。

この話を書くにあたって、私にインスピレーションを与えてくれたのはスターツ出版の○さんです。細かくは話せませんが、○さんが体験された出来事を頭の中で想像し、私が感じたモヤモヤ、イライラした感情をお話に込めました。スランプ気味になっていた私に辛い中ご自身の体験を打ち明けてくれた○さんに、感謝の気持ちでいっぱいです。本当にありがとうございました。

もちろん、その体験と本作はまったく内容の異なるものになっています。

女友達とのドロドロ感、皆さんに伝わりましたでしょうか……？

自分で言うのもなんですが、女は本当に怖いですね！　学生時代はもちろん、大人になってからもいろいろありますね。いくつになっても女は女。恐いものです。

とくに作中の蘭のような存在は本当に恐ろしい！　でも、意外とああいう人……いませんか？　私のまわりだけでしょうか……？（笑）

でも、嫉妬や妬みってよくあることなんじゃないかなって思います。仲がいいからこそとくに。本作の真子のようにその相手を攻撃しようなんて、思ったことはありませんが、私自身も誰かを羨んだりすることはあります。でも、もちろんそこで終わり。

と、いろいろ悪いことばっかり書いてしまいましたが、女友達っていいものですよね。些細なことでケンカしても次の日にはケロッとした顔であーだこーだ言い合っていたり。女同士でしか話せないこともたくさんあるし。久しぶりに会うと、何時間でも笑ってしゃべっていられるし。ふとした瞬間に『あぁ、女に生まれてよかった』と感じたりします。

長々と書いてしまいましたが、最後までお付き合いいただきありがとうございます。イラストを担当してくださった奈院ゆりえ様、デザイナー様、そしていつも応援してくださる読者の皆様、この本に携わってくださったすべての方々にお礼申し上げます。

本当にありがとうございました。

二〇一九年二月二十五日　なぁな

この物語はフィクションです。実在の人物、団体等とは一切関係がありません。

なぁな先生への
ファンレター宛先

〒104-0031　東京都中央区京橋1-3-1　八重洲口大栄ビル7F
スターツ出版（株）　書籍編集部気付　なぁな先生

女トモダチ

2019年2月25日　初版第1刷発行

著　者　なぁな ©Naana 2019

発行人　松島滋

イラスト　奈院ゆりえ

デザイン　カバー　ansyyqdesign
フォーマット　齋藤知恵子

DTP　朝日メディアインターナショナル株式会社

編集　若海瞳　酒井久美子

発行所　スターツ出版株式会社
〒104-0031
東京都中央区京橋1-3-1 八重洲口大栄ビル7F
出版マーケティンググループ TEL 03-6202-0386
（ご注文等に関するお問い合わせ）
https://starts-pub.jp/

印刷所　共同印刷株式会社
Printed in Japan

ISBN 978-4-8137-0631-1　C0193

ケータイ小説文庫　好評の既刊

『新装版 イジメ返し~復讐の連鎖・はじまり~』 なぁな・著

女子高に通う楓子は些細なことが原因で、クラスの派手なグループからひどいイジメを受けている。暴力と精神的な苦しみにより、絶望的な気持ちで毎日を送る楓子。ある日、小学校の時の同級生・カンナが転校してきて“イジメ返し”を提案する。楓子は彼女と一緒に復讐を始めるが…？

ISBN978-4-8137-0536-9
定価:本体 590 円＋税

ブラックレーベル

『イジメ返し　恐怖の復讐劇』 なぁな・著

正義感の強い優亜は、いじめられていた子を助けたことがきっかけでイジメの標的になってしまう。優亜への仕打ちはどんどんひどくなるけれど、担任は見て見ぬフリ。親友も、優亜をかばったせいで不登校になってしまう。孤立し絶望した優亜は、隣のクラスのカンナに“イジメ返し”を提案され…？

ISBN978-4-8137-0373-0
定価:本体 590 円＋税

ブラックレーベル

『トモダチ崩壊教室』 なぁな・著

高２の咲良は中学でいじめられた経験から、二度と同じ目に遭いたくないと、異常にスクールカーストにこだわっていた。１年の時に仲良しだった美琴とクラスが離れたことをきっかけに、カースト上位を目指し、騙し騙されながらも周りを蹴落としていくが…？　大人気作家なぁなが贈る絶叫ホラー‼

ISBN978-4-8137-0227-6
定価:本体 590 円＋税

ブラックレーベル

『キミを想えば想うほど、優しい嘘に傷ついて。』 なぁな・著

高2の花凛は、親友に裏切られ、病気で亡くなった父のことをひきずっている。花凛は、席が近い洸輝と仲よくなる。明るく優しい洸輝に惹かれていくが、洸輝が父を裏切った親友の息子であることが発覚して…。胸を締めつける切ないふたりの恋に大号泣！　人気作家なぁなによる完全書き下ろし‼

ISBN978-4-8137-0113-2
定価:本体 570 円＋税

ブルーレーベル

ケータイ小説文庫　好評の既刊

『甘々いじわる彼氏のヒミツ⁉』　なぁな・著

高2の杏は憧れの及川先輩を盗撮しようとしているところを、ひとつ年下のイケメン転校生・遥斗に見つかってしまい、さらにイチゴ柄のパンツまで見られてしまう。それからというもの、遥斗にいじわるされるようになり、杏は振り回されてばかり。しかし、遥斗には杏の知らない秘密があって…？

ISBN978-4-88381-971-3
定価：本体 540 円＋税

ピンクレーベル

『純恋―スミレ―』　なぁな・著

高2の純恋は強がりで、弱さを人に見せることができない女の子。5年前、交通事故で自分をかばってくれた男性が亡くなってしまったことから、罪の意識を感じながら生きていた。ある日純恋は、優輝という少年に出会って恋に落ちる。けれど優輝は、亡くなった男性の弟だった……。

ISBN978-4-88381-926-3
定価：本体 550 円＋税

ブルーレーベル

『キミと生きた時間』　なぁな・著

高2の里桜は、ある引ったくり事件に遭遇したことから、他校の男子・宇宙君と出会う。以来、ふたりは放課後、毎日のように秘密の場所で会い、心を通わせていく。学校でいじめにあっている里桜の支えとなる宇宙君。だが、彼もまた悲しい現実を背負っていた…。絶対号泣のラブストーリー！

ISBN978-4-88381-860-0
定価：本体 540 円＋税

ブルーレーベル

『狼系不良彼氏とドキドキ恋愛』　なぁな・著

人違いから、保健室で校内一の超不良・星哉の手に落書きをしてしまった高2の桃華。これは絶対絶命のピンチ！恐ろしい仕返しが待っているハズ！…と怯える桃華だったけど、星哉の優しさを知り、日ごとに恋心が芽生えていく。そんな中、星哉の元カノの出現で、ふたりの恋に暗雲が立ちこめて…⁉

ISBN978-4-88381-797-9
定価：本体 530 円＋税

ピンクレーベル

ケータイ小説文庫　好評の既刊

『隣の席の俺様ヤンキー』　なぁな・著

高校生の莉奈は、同じクラスのヤンキー王子・魁一の隣の席になった途端、魁一のファンから嫌がらせを受けるようになる。莉奈の悔しさを察した魁一は、自分と付き合っていることにすれば、嫌がらせもなくなるはずと言い、ふたりは“偽りの恋人同士”になるが…!?　大人気作家・なぁなの超胸キュンラブ♥

ISBN978-4-88381-733-7
定価:本体 540 円＋税

ピンクレーベル

『キスフレンド』　なぁな・著

ある日、授業をサボって屋上に行った高2の理子は、超イケメンの同級生・紫苑と出会う。モテモテで、関係を持った女の子は数知れず…という紫苑と、この日を境に次第に心を通わせていく理子。やがてふたりは“キスフレンド”になるのだが…。自分の居場所を探し求めるふたりの、切ない恋の物語。

ISBN978-4-88381-676-7
定価:本体 520 円＋税

ブルーレーベル

『不良彼氏と胸キュン恋愛♥』　なぁな・著

高校内の有名人、金髪イケメンの早川流星のことがずっと好きだった矢口花音。ある日、落とした携帯を拾われたことから流星との距離がぐんと縮まっていくが、彼が昔、保健室である事件を起こしたことがあるという噂を耳にしてしまい…!?　大人気ケータイ小説作家・なぁなが贈る、金髪不良との恋物語！

ISBN978-4-88381-621-7
定価:本体 540 円＋税

ピンクレーベル

『龍と虎に愛されて。』　なぁな・著

眼鏡とカツラでネクラ男子に変装した龍こと小林龍心は、実は元ヤンキーで喧嘩上等の金髪少年。クラスメイトの虎こと杉崎大虎は天然純粋少年、でも実は裏の顔が…。２人は佐和明菜のことが好きになるが、明菜の気持ちは揺れ動いて…!?　ヤンキー男子に愛されちゃった、学園ラブストーリー★

ISBN978-4-88381-601-9
定価:本体 540 円＋税

ピンクレーベル

ケータイ小説文庫　好評の既刊

『王子様の甘い誘惑♥』 なぁな・著

愛沢理生は私立桜花高校に入学したその日に、ミルクティ色の長いサラサラの髪をなびかせ、吸い込まれそうなほど茶色い瞳を持つ王子様男、真野蓮と出会う。蓮は理生に「お前は俺の家政婦兼同居人だ」と言い渡し、その日から理生は蓮の住む高級マンションに同居させられ…⁉ なぁなの大人気作！

ISBN978-4-88381-594-4
定価:本体 520 円＋税

ピンクレーベル

『王様彼氏とペットな彼女!?』 なぁな・著

高２のアユは、転校した先で同い年の小野壱星と出会う。彼はイケメンながらも、そっけなくてクールな不良男子。でも、小野君の本当の優しさに気づいたアユは、次第に彼のことが気にかかり、いつしか２人は付き合うものの…⁉ 大人気作家・なぁなが贈る文庫第３弾は、じれじれ甘々な学園ラブ☆

ISBN978-4-88381-580-7
定価:本体 540 円＋税

ピンクレーベル

『王子様は金髪ヤンキー!?』 なぁな・著

高校生の未来はフラれた元彼のことを忘れられずにいる毎日。でもある日、同じ学校の金髪不良男・新城隼人から「俺が忘れさせてやる」と言われ、戸惑いながらも彼と行動を共にするようになる。隼人の正直な性格に未来は惹かれてしまい…⁉ 不良、でも優しい彼との青春ラブストーリー♡

ISBN978-4-88381-566-1
定価:本体 530 円＋税

ピンクレーベル

『正反対♡恋愛』 なぁな・著

自信のない地味な女子高生・鈴木佐奈は、以前、その容姿のことで男子からバカにされたことが今でも心の傷。そんな佐奈は隣のクラスの翔太に片思いをしているが、長い金髪に耳ピアスをした自分とは“正反対”な山下銀との出会いをきっかけに、次第に銀に惹かれていく。オクテ女子と金髪イケメンのドキドキ☆ラブ！

ISBN978-4-88381-550-0
定価:本体 510 円＋税

ピンクレーベル